今天下小雨 著

她從來不喜歡任何超出控制的事物，
但眼前這人似乎成為了唯一的例外。

The Rose

序章

槍聲響起的那瞬間，眼前的畫面好像都變成了慢動作。

周丞預想過很多次，或者說，每一位員警都預想、模擬、演練過很多次，提槍，滑套後拉回彈，出槍，扳機扣下。

然而當子彈眞正衝著一個活生生的人擊發，和模擬卻又是兩碼子事了。

也許是高度緊繃、腎上腺素作用的關係，他的感知變得無比清晰，所有細節在他眼中彷彿被一幀幀放慢拆解。

撞針釋放，撞擊底火炸響，空彈殼從身側飛掠而過，他甚至能在這陣混亂之中，聽見子彈入肉的沉悶響聲。

當下他其實並未多想。犯人倒在地上哀號時，他看都沒看一眼，而是拖著一身傷痕，全速趕到重傷昏厥的同僚身邊。

這位犯人年紀很輕，不過是位二十歲的少年，卻手段凶暴，用石磚重擊了警員的頭部數次。

周丞的手緊緊按著警員流血的傷口，一聲又一聲地喚著對方的名字，直到救護車的鳴笛聲終於響起，將他們統統送去了醫院。

該名重傷的警員到院時已無意識，被緊急推入手術室搶救。

也不知該不該說是惡有惡報，總之犯人更慘一些，中彈後失血過多，到院時已無生命跡象，急救無效。

事後，犯人的母親抵達醫院，哭著喊了那句非常經典、堪稱警界噩夢的話：

「你爲什麼不打腳就好！」

聞言，周丞簡直拳頭都硬了。

人在極度緊迫的時候，盲射是很本能的反應，也根本沒有「仔細瞄準非致命部位」的時間。他沒下意識地直接把人爆頭就已經很不錯了，更別說當時他們都受了傷，有危及性命的襲擊與威脅迫在眉睫。

但周丞是誰？他的各種考核和體訓表現素來優異，精準射擊和實境模擬的成績更年年都是同梯第一，個性開朗溫和、謙遜有禮，妥妥一個前途光明、備受長官期待的警大畢業資優生。

死者的母親大概沒做好功課，沒搞清楚自己兒子的死因——在那樣十萬火急、一般人根本反應不過來的情況下，周丞的確瞄準對方的腳了。

對空鳴槍一次後，他的第二槍擊碎了犯人同夥的車窗，第三槍射中了此人的大腿。

無奈天要收人大概都躲不掉，這一槍竟直接射穿了少年的股動脈，當場大出血，沒能救回來。

每位員警開槍過後，都會有專人提供心理輔導。

周丞從不覺得自己是個脆弱的人，相反地，他意志堅定、問心無愧，接受心理輔導時態度平穩、心態良好，輔導員都誇了他幾句。

因爲他並不後悔，若重來一次，他仍會選擇開槍，否則傷得更重的就是那警員了。

然而人心是個複雜的東西，時間過去得越久，他倒是越來越常想起那位死去少年的眉眼。

偶爾他也會好奇，這樣一個如此年輕的人，死前那刻在想些什麼，是否終於感到了懼怕，感到了懊悔？

不過再也沒人能知道了。

周丞，二十四歲，從警第二年。

他殺了一個人。

第一章

口腔外科的總醫師楚文昕，和胸腔外科的主治醫師劉思辰，分手了。

八卦在醫院的傳播速度風馳電掣，一天之內就能傳遍整間院所，上至主治醫師，下至實習生，不需要一週，身旁所有人都會用關懷的目光看著你。

尤其這倆愛情長跑四年，以職業來看算是門當戶對，以外貌來看也是郎才女貌，最終竟仍是不歡而散，分道揚鑣，這就格外引人探究。

兩人為何分手，眾說紛紜，未有定論。有人說是楚文昕事業心太重，而劉思辰想結婚生子了……但也都只是揣測。

總之八卦的女主角情緒很淡定，該上診上診，該開刀開刀，冷豔姣好的面上淡漠平靜，倒是看不出什麼情傷的氛圍。

總醫師非常忙碌，幾乎是醫師生涯中最忙碌的一年。

一方面得照顧主治醫師的病人，一方面自身也即將獨當一面，有自己的病人得管。另外還要處理科內行政、分配下面小醫師的班表與職務，除此之外還得準備專科考試。

於是，楚文昕這陣子忙得昏天暗地，不過這樣也挺不錯。她才在情場失意，正好有事情可以轉移注意。

戀愛是什麼，能吃嗎？

她是冷酷的楚醫師，不需要愛情。

冷酷的楚醫師此時正在刷手。

「學姊，消毒鋪單好了。」口外的學弟彭淮安從一旁的開刀房中探出一顆頭，衝著她說道。

「好。」楚文昕用無菌毛巾把手上的水滴擦乾，略略一點頭，「我們先救他的眼眶。」

口腔外科是個很有趣的科別，雖是外科醫生，不過並非醫科畢業，而是出身於牙科，也是牙科中唯一一個常遊走在刀房與病房的科別。

來的病患五花八門，重則有癌症或顏面骨碎裂、需要開刀搶救的，輕則也有嘴唇破洞或牙縫卡菜渣的。

病人絡繹不絕，群魔亂舞，千百種狗屁倒灶的事楚文昕都遇過，每天都在刷新對人類認知的極限。

像今晚這個青年也很不得了，閒著沒事，騎著吵得要命的改裝機車在路上狂飆，最後「砰」的一聲自撞，差點當場跟世界道別。

因此今天值班的楚文昕、彭淮安，還有一線的實習生，都得在大半夜趕來幫這位仁兄動手術。

楚文昕披上手術袍，戴上外科手套，動作俐落地來到手術台邊。

除了鼻青臉腫、大大小小的擦傷和骨裂之外，病人左眼眼窩塌陷，看起來眼珠已經不在原處。

「眼底炸出性骨折。」彭淮安正跟實習生解釋：「眼球往下掉到上顎竇了，我們得把它墊上來。」

眼球受到巨力撞擊後不見得會爆裂，但應力可能傳導到周圍骨頭，尤其眶底是比較薄弱的部分，往往會在此處發生骨折，臨床上就可見眼球下塌。

看起來挺恐怖，這位菜鳥實習生都有點驚呆了，眼珠子掉到鼻竇似乎超出了他的想像力。但其實眼球與重要神經沒太大損傷的話，日後視力不見得會留下嚴重的後遺症。

楚文昕已經看過病歷與電腦斷層，拿起手術刀後便熟練地劃刀，切線漂亮，動作穩定，一邊說：「準備鈦金屬骨板。」

楚醫師開刀時很專注，不是喜歡閒聊的性格。

於是這台刀開得頗安靜，只時不時響起彭淮安對實習生教學的說話聲，剩下都是楚文昕偶爾開口要器械的清冷嗓音。

「止血鉗。」

「骨剝。」

「電刀。」

「十五號刀片再來……」

楚文昕與彭淮安都是口腔外科醫師。實習生則還沒選科，只會在口外待兩個月，其他時間都在牙科的其他分科，補補蛀牙或洗洗牙結石，壓根兒沒見過這種「開臉」的血腥場面。

整場手術耗費了好幾小時，即將收尾時，實習生看起來神智都有些恍惚，也不知是累的還是嚇的。

「可以了，學弟，你先回去吧。」縫合傷口時，楚文昕不經意地瞄到了他的神情，覺得看著有點可憐，便說：「剩下的我和淮安來就好了。」

現在時間已經很晚了，然而彭淮安精神似乎還挺好，實習生一走，便忍不住問：「學姊，妳和劉醫師分手了？」

想必是憋很久了。

楚文昕手勢漂亮地將手中的縫線打結，眼皮都沒抬一下，「剪斷。」

彭淮安乖乖拿線剪剪線，還不放棄這個話題，剪完又看她，「怎麼就分手了？

不是交往很久了嗎？」

楚文昕穿著手術衣、戴著口罩，一頭直長髮紮成俐落的高馬尾，通通收在手術帽下，全身上下幾乎只露出那一雙眼睛。

但光是如此也已經足夠吸引人，那雙眼睛漂亮清澈、線條優美，長而濃密的睫毛低斂，遮去了眼瞳中的情緒。一顆淚痣綴在右眼眼角，替這位冷傲的女子添了一抹恰到好處的勾人嫵媚。

彭淮安與楚文昕算非常熟了，才敢這麼直接，否則誰敢當著高冷楚醫師的面窮追猛問？

楚文昕倒也沒生氣，她了解彭淮安的個性，這人純粹就是關心，外加對她大概有那麼點意思，並不是想看熱鬧或問八卦。

於是她手邊動作不停，平淡道：「久了就不會分手嗎？結婚的人都可以離婚了。四零縫線再一條。」

彭淮安遞給她，「是因爲劉醫師想結婚嗎？」

楚文昕聳聳肩，沒說是也沒說不是，「一小部分吧。紗布壓一下。」

彭淮安乖乖壓了兩下，然後躊躇了一會兒，像在思索怎麼開口。半晌終於又委婉地問：「那學姊現在單身嗎？」

顯然這位強勢女子並不喜歡忸忸怩怩、彎彎繞繞，睨了他一眼，開門見山地說：「我喜歡年紀大的。」

彭淮安的小心思被一下子戳破，頓時無語了片刻。

然後他也不再小心翼翼地試探，翻了個白眼，回歸日常模式，嘰嘰咕咕地碎碎念：「年紀大有什麼好？而且我們也才差不到兩歲好嗎……」

氣氛終於恢復平時相處的輕鬆狀態，楚文昕笑了笑，不再接續這個話題，「好了，快幫這個病人收尾吧。」

彭淮安說得其實沒錯。

楚文昕二十八歲，而彭淮安只小她兩屆，差距不大。只是她對這人沒那方面的心思，加上前一段感情也讓她暫時有些疲憊，因此才找了個委婉的理由拒絕罷了。

不過，楚文昕以往挑對象，年齡的確也都是「往上看」，覺得年紀大的男人應該會更為獨立成熟，不需要一天到晚膩在一起，且更能包容、尊重她對事業的追求，理解她的忙碌。

「……工作、工作、工作，妳能不能別開口閉口都是工作！楚文昕，妳就不能偶爾體貼一點、可愛一點？就不能偶爾也先想想我嗎？」

想起了分手時劉思辰說過的那些話，楚文昕在心中苦笑一聲，心想：但原來也不見得是這樣。

病人推出手術室後，彭淮安也出去和家屬解釋病況，剩下一群護理師們忙進忙出，收拾著台面上各種器械。

楚文昕摘掉了手術帽和染血的手術袍，在電腦前輸入病歷，結束後打了聲招呼，便去休息間把衣服換下，離開了開刀房。

她邊走邊滑手機，好幾小時沒碰，一點開就一堆消息叮噹作響，絕大部分是文字訊息，還有兩通來自她老媽的未接來電。

現在是凌晨一點多了，不適合回電，楚文昕暫且不管，看起了訊息。

「分手？？？」

「妳和老劉怎麼回事？」

「欸欸欸，出來談。」

「在嗎在嗎？有空回我！」

果不其然，五個好友裡面有四個都在問這件事，楚文昕不禁一陣無奈。

其實他們分手已經一個禮拜了，但大概是因爲楚文昕實在太忙，感受一直都有點麻木。此刻天色暗了，人又疲憊，她看著如潮水般湧來的訊息，忽然覺得心口很酸。

然而她習慣藏著心事，不給人任何同情或勸慰的機會。

反正在旁人眼裡，她是冷漠高傲、事業心重的楚醫師，一點也不可愛，不需要人安慰。

於是她無聲地吸了口氣，慢慢吐出，那一點脆弱便又被收得看不見了。抬起臉來，她依然是一絲不苟、無懈可擊的楚醫師。

她收起手機不欲再看，抬步前行。

這個時間，急診中心仍然燈火通明，醫護人員們猶在四處奔走忙碌。

楚文昕本來只是路過，想從這裡下班離開，卻隱約聽見了不遠處的說話聲：

「……這個照會骨科和口外。」

楚文昕忍不住在心中嘆了口氣。

按照正常流程，急診會打電話叫實習生來處理，處理不了才會再呼叫楚文昕。

既然她人剛好在這裡，便決定放那菜鳥實習生一馬，直接走了過去。

「不用打了，我口外的。什麼事情？」

急診醫師回頭，張口就說：「一位二十四歲男性，顏面外傷剛入院，下唇撕裂需要縫合，還有後牙好像崩了一小角，再麻煩看一下。」

還好，聽起來倒是不嚴重。

急診醫師只講了最概略的病況，楚文昕走進牙科急診間之前，猜想大概又是腦殘屁孩超速違規之類的交通事故——見到人才知道不是。

躺在床上的青年穿著一身深藍色制服，右胸前繡著金色的二線一星。

他的長相十分英俊，劍眉星眸，輪廓深邃，與那一身制服特別相襯，顯得儀表堂堂、氣息沉穩。

他頭臉部應該傷得不重，沒有一般外傷病人鼻青臉腫的模樣，只在眉角與下唇有點擦傷的血痕，不減損外貌，反而添了點方剛血性。

是個受傷的警察。

也是個小鮮肉。

見慣了各種歪七扭八的破相臉孔，突然來了個高顏值，饒是楚文昕都感覺眼前亮了一下，但也純粹只是一種對好看事物的欣賞，沒什麼特別的意思。

她一臉平靜地跨入診間。

年輕警察躺在床上仰望著天花板，不知道在想些什麼，表情有些陰鬱，不過一瞧見有人進來，那點陰鬱又斂去了，衝著楚文昕爽朗一笑，「醫師您好啊。」

他笑時似乎牽動了嘴唇的傷口，沒忍住「嘶」了一聲。

……智障麼？楚文昕腹誹，但也沒表現出來，只是略略一點頭，在旁邊翻看了下病歷，確認道：「周丞？」

周丞應了一聲。

從X光片看起來，周丞的頭臉部都是皮外傷，除此之外比較嚴重的就是右手橈骨骨折，不過那是骨科的事情……他大概晚點還得進手術房做復位固定。

楚文昕在床邊坐下，戴上手套，拿起口鏡，「怎麼受傷的？」

「哦，值勤的時候……撞了一下。」

聽周丞說得輕描淡寫，一語帶過，楚文昕也就不再追問，反正外傷都差不多是那樣，這邊一個疏忽、那邊一個不小心，意外就發生了。

「右上臼齒崩了一角，其他都還好。」楚文昕低頭檢查了一會兒，「先幫你填起來，之後還痛的話再回牙科抽神經。」

然後她目光轉移至對方的下唇，那裡有道一公分左右的裂口。

「嘴唇得縫合，我們先打麻藥。」

不知道是不是錯覺，她總覺得「打麻藥」三字一出，周丞整個人都緊繃了起來，好像如臨大敵。

楚文昕下針時都感覺有點好笑，心想：這是一名配槍的警察，卻害怕看牙和打針。

她下手很輕，其實不會太疼，一管麻藥推完後周丞還不曉得，問她：「打完了嗎？」

「打完了。」

這傢伙便又不緊張了，看著她笑，「啊，醫師姊姊眞溫柔啊。」

這人不笑時看起來是可靠的警察，笑起來又像鄰家大男孩，陽光開朗，挺有感染力。

楚文昕很少看到心態這麼正向的傷患，覺得對方要不是生性樂觀，要不就是神經大條，語氣平平地應付了句：「還行吧。」

她一本正經的模樣似乎讓周丞覺得有些有趣，開始沒話找話聊：「醫師姊姊，妳每天都上班到這麼晚呀？」

「沒有。」

「哦，不然今天是……」

「値班。」

「這麼辛苦啊，那……」

因爲他喋喋不休的關係，正待縫合的嘴唇就在楚文昕的眼皮子底下不停動來動去。她按捺著把他上下唇縫在一起的衝動，忍了忍……最終還是沒忍住，「閉嘴。」

「……好的。」

周丞姑且不說了，睜著一雙炯炯有神的眼睛看她。

然後他看著看著，可能從中看出了一朵花，在楚文昕剪線的間隙又沒忍住開了口。

「醫師姊姊，我發現……」他一雙帶著笑意的眼睛彎彎的，「妳眞漂亮。」

楚大醫師已經完全心如止水，聞言連眉毛都沒有動一下，手邊動作不停，當作什麼都沒有聽見。

這人還沒完沒了，繼續說：「眞的，我心跳都加速了……」

楚文昕剪斷縫線後才淡淡道：「我想你只是害怕看醫生。」

……也是挺有道理。周丞大概被這個理論鎭住了，終於暫時沒再說話，在床上躺得端正，頗有一種安息的模樣。

楚文昕忽然反應過來，他之所以這麼話癆，一部分原因應該是他眞的有點緊張。

然而知道歸知道，冷酷的楚大醫師也並沒有要憐香惜玉、出言安撫的意思。深夜冗長的値班已經讓她累得有些厭世，只想迅速解決眼前這一切，於是二話不說又戳入第二針，感覺手下的人又僵了小小一下。

縫合和補牙好不容易順利完成，恰好骨科醫師也來了，楚文昕簡單交代了幾句注意事項，隨後便轉身離去。

周丞看著她遠去的背影，白袍衣襬翻飛，馬尾晃晃悠悠，像個救死扶傷的女俠一樣，事了拂衣去，多一句廢話都沒有，走得特別颯爽。

他伸手輕輕碰了碰被妥善縫合的下唇，一臉深沉地想：是個狠角色。

翌日是週末。楚醫師值班一天累得要命，打算這天暴睡到自然醒。算盤打得挺好，未料才七點多她就被電話鈴聲吵醒。

她伸手在床邊胡亂摸了一陣才摸到手機，睡眼惺忪地看了看螢幕，來電顯示：**老媽**。

楚文昕神智頓時清醒，她停頓了兩秒，像在做什麼心理建設，然後嘆了口氣，認命地接起來：「媽？」

「妳還在睡？」電話彼端的人似乎有些震驚，「妳一個女孩子，不能那麼懶散，以後婆婆看到怎麼辦？萬一說我們家沒教養……」

果不其然，一接聽就是連綿不絕的長篇碎念。

不同於那種鄉下大媽的大嗓門，楚媽媽聲音細軟溫柔，卻似乎永遠帶著緊張與憂心，好像眞的很煩惱自家這位不夠「典型」的女兒。

她才不管楚文昕前一天是不是熬夜救了誰的眼眶或嘴唇，在這位傳統婦女的眼中，女孩子就得遵守三從四德、溫良賢淑，大概只差沒讓她背誦《女誡》了。

楚文昕被念得頭疼，不得不出聲打斷，「媽，妳找我有事？」

楚媽媽這才被轉移注意，「佑佑今年生日要帶女朋友回來，我們準備慶祝一下，妳記得回來吃飯。」

楚文昕的弟弟名叫楚佑廷，今年剛升大一。楚文昕記得他生日在哪天，倒也不是她多有心，只是這日期太好記了，十二月二十四日，正好是平安夜。

楚文昕揉著眉心，「我得看我有沒有值班。」

現在才十一月中，她下個月的班表都還沒排出來。

「值什麼班？妳一個看牙的，還要值班？」楚媽媽又念：「上次慶祝佑佑考上大學妳也沒來，每次都缺妳一個，妳也太不關心妳親弟弟了！反正這次妳得出現，一家人團團圓圓才像話，順便問問劉醫師要不要一起回來……」

楚媽媽嘴上功夫了得，愣是沒留下丁點楚文昕插嘴的空隙，於是也沒來得及說她和劉思辰已經分手。電話掛斷後，楚文昕愣在床上，一時都有些不能回神。

每一年，爸媽從來不會忘記楚佑廷的生日，可她們三姊妹的生日卻經常被遺忘，連電話祝賀都不見得有——這不是他們第一次偏心。

楚佑廷身爲么子，從小被慣著長大，是沒有養成什麼特別頑劣的性子，就是不擅長念書，最後糊里糊塗考上個名不見經傳的、什麼暨什麼暨什麼什麼的系。名字有夠長，楚文昕到現在也沒記住。

神奇的是，當初楚文昕考上名校的牙科時，父母倆都沒什麼反應，換成楚佑廷卻歡天喜地，甚至好好慶賀了一番，名目是：慶祝佑佑考上國立大學。

楚文昕始終沒說什麼，她大概能理解他們的感受。

當初，父母生下大姊時可能還好，生二姊時應該就有點失望了，再生下她時，那點失望都藏不住了。

楚文昕十分早慧——四姊弟念書的天分大概都到她身上了——所以很早她便察覺自己其實有點多餘，倒不是真的不被善待或如何，就是不太受重視。

好比說，他們總是能記住楚佑廷那長得要命的學系，可永遠也搞不清楚楚文昕在醫院做些什麼，又到底為什麼要值班，即便她可能已經講過幾百遍了。

有時連她身邊的好友聽見了一些事蹟，都不敢相信現在竟然還有思想這麼古板的家庭。

楚文昕見怪不怪。

大概也是因為從小就在這種漠視中長大，她養成了十分獨立淡漠的性格，從不撒嬌，也從不示弱。

反正這麼多年來，她早已經習慣了。

掛斷電話後，楚文昕也徹底醒了，沒了睡回籠覺的心情。於是她繼續拿著手機，回回昨天的訊息。

「分手？」

「分了。」

「和老劉怎麼回事？」

「分了。」

講來講去好像都是一樣的話，搞得楚文昕自己都有點心煩起來。

回覆完其中一則訊息，一通電話馬上就打了過來。

「爲什麼啊？你們之前不是還好好的？」

來電的是她從國小一路同班到大學的同學，名叫蘇琇。此人當初撂下一句「醫院束縛了我自由的靈魂」後，就瀟灑離職了，目前在一間牙科診所工作。

兩人從小交情就挺好，可以說是死黨了。蘇琇外表長得漂亮，留著一頭俏麗短髮，性格卻大剌剌的，頗好相處。

死黨的關心不好隨便敷衍，楚文昕拎著電話起床了，邊講邊走去洗漱，叼著根牙刷，話說得含糊不清。

「之前也沒有好好的。」她漱了口，又說：「很早就出了問題，我們一直都有些觀念不合，分手前……也的確有陣子沒講話了。」

「『沒講話』是什麼意思，你們吵架？在冷戰？」

「這大概就是問題所在，」楚文昕乾笑一聲，「他覺得我們在冷戰，但我甚至沒有察覺。」

「……這都能沒察覺？」

「我就是剛好沒什麼話想找他說，加上又實在太忙……」

蘇琇無語了好一會，似乎都有些同情劉思辰了，半晌才憋出一句：「那妳也真的是很忙了。」

楚文昕再度乾笑，路過小客廳來到廚房，手機開成了擴音擱在流理台邊，打算弄點早餐，一邊隨手開了電視，聽著晨間新聞。

「所以我說我們觀念不合，現在感情又慢慢磨得沒了，誰都經營不下去了吧。」

劉思辰比楚文昕大五歲，早已到了適婚年齡，他想要結婚，想要孩子，想要一個「家」。他脾氣不差，可謂是紳士，然而骨子裡終究是個有些支配欲的大男人，他想要的顯然不是一位常常比自己還晚下班的另一半。

偏偏楚文昕又不是小女人性格。她始終接受不了劉思辰的強勢，接受不了他總是想要約束她，兩人之間的矛盾早已不是一天兩天的事情了。

「他覺得我重視事業勝過於他，不過我倒覺得……」楚文昕想起了什麼，眼神微微一暗，「說不定是他喜歡上了那種……軟萌可愛的小護士了吧。」

「什麼護士？」

「……唉，沒事，算了。」

意識到楚文昕不想說，蘇琇也沒再追問，兀自下了總結，「我看妳只是沒遇到對的人。如果遇上了真的喜歡的，妳就巴不得成天都要膩在一起，再怎麼忙也要黏在一起忙。」

楚文昕對此不予置評。她獨立慣了，沒辦法想像黏黏糊糊的自己，覺得交往不過就是兩個看對眼的人，恰好湊在一起過日子而已，哪可能成天都轟轟烈烈？又不是演連續劇。

「算了，不提他了。分就分唄，楚大醫師行情那麼好，更好的男人還不是信手拈來？趕快物色下一個吧，治療情傷最好的方法，就是開啓新戀情！」蘇琇又提議道：「之後揪團出來唱歌啊，轉換下心情……」

楚文昕笑了笑，隨口應下，這時電視上的一則新聞吸引了她的注意。

「……發生通緝犯襲警事件。周姓警官連開三槍反擊，一名歹徒當場死亡，另一名歹徒駕車逃逸中……」

起初她只是隨便聽一耳朵，後來越聽越覺得地點離這裡很近，她便轉頭看了過去。

記者正在持續播報。原來是昨天晚上，一名邱姓員警巡邏時，在超商外攔查一輛違規臨停的無人車輛，未料車主竟是兩名毒品通緝犯，分別是三十七歲的黃笙與二十歲的葉至良。

見有人盤查，葉至良竟乘其不備，拿石磚重擊員警頭部，導致員警重傷倒地。畫面上鏡頭一轉，切到了事發現場，地面上的血跡打上了馬賽克，但仍能隱約看出那一片殷紅色，後又播放了當時街角的監視器畫面。

擷取的段落是葉至良整個人坐在倒地的邱員警身上，拿著石磚持續向下猛砸，而一旁的黃笙開了駕駛座的門，準備開車逃逸……然後周丞來了。

「……趕來支援的周姓警官上前制止，卻遭黃笙蓄意開車追撞，場面十分緊急。負傷的周警官對空鳴槍一聲後，對車窗射擊一槍，又對持續施暴的葉至良射擊一槍，致其當場死亡，送醫不治。邱姓員警目前仍在醫院搶救中……」

鏡頭換到了醫院——一看就是楚文昕上班的市立醫院——記者採訪了葉至良的母親。

這位老母親哭天搶地，聲音尖利，姿態像是隨時要就地癱軟昏厥，「那警察跟殺人犯有什麼兩樣！我兒子還那麼年輕，你對得起他嗎?對得起良心嗎……」

然後她不停說著她兒子在家有多乖多孝順，說他只是一時走錯了路，根本罪不致死，通篇都在指責周警官執法過當，說他是殺人兇手。

儘管監視器畫面有點模糊，楚文昕仍認出了周丞，也看到了他同匪徒動手與汽車全速衝撞的凶險畫面。

於是，她終於知道那人的傷是怎麼來的、橈骨是怎麼斷的。

「怎麼受傷的？」

「值勤的時候撞了一下。」

明明是生死交關的情況，他卻答得輕描淡寫。

楚文昕一時有些啞然，腦中浮現那個陽光帶笑，卻在獨自一人時才透露出一絲陰鬱的年輕警察。

忽然就覺得，她昨天好像應該對周丞好一點。

第二章

這個年頭，願意走外科的醫師越來越少了。

口腔外科尤其缺人，算上楚文昕，住院醫師總共不過才四個。這就導致隊上人力非常吃緊，分攤下來的工作負擔很重，接近年末的時候更是特別忙。

大部分的病人不願意在農曆年前開刀，都趕在這幾個月出現，於是這陣子她幾乎天天加刀，準備要一路忙到年末的節奏。

週末充電過後，又是嶄新的一週，今天楚文昕依然忙碌，下刀時已經晚上十一點了。

離開手術室後，她沒有直接回家，而是又去病房巡視了一圈。

她前些日子接了個癌末的病人，腫瘤的尺寸非常大，從口腔往後延伸到咽喉，甚至向外穿破了皮膚，在脖子上都可以見到一個瘻管向外滲著膿血。

口腔癌之所以危險，是因爲離頭頸部太近了，向上就碰到腦神經，向下就碰到頸動脈。有許多案例到最後，都是血管被腫瘤侵蝕得太薄太脆弱，稍微轉頭一動，管壁就破了，頸脖內當場大出血，活生生被自己的血液嗆住，在非常短暫的時間內窒息而死。

這樣的病人其實已經無法做什麼有效治療，收進來也只是占用著一張床位，給點止痛藥，躺著等「時辰到」而已。

然而病人與家屬堅持住院的話，院方這邊也不可能直接就說「你這沒救了，別進來浪費我們的醫療資源」。

面對這種臨終病患，大多時候院方還是會出於同情，挪出一個空位給人家，至少有醫護二十四小時顧著，能求個慰藉與心安。

這位病人是個五十來歲的鰥夫，姓張，膝下有二子一女，然而兩個兒子都長期住在外地甚至國外，鮮少回家，只有小女兒願意回來照顧他。

張小姐還年輕、單身，獨自一人忙進忙出照顧著老父親。她性格柔軟，不只一次在楚文昕面前掉淚，讓人看得十分不忍。

楚文昕特地和護理師交代了，雖然今天不是她值班，但如果有什麼緊急狀況，她的值班手機都開著，隨時可以聯絡。

在病房巡迴一圈，沒發現什麼異狀，她便打算離開了。

「楚……楚醫師？」

等電梯時，她的背後響起了一道女聲，聲音細細軟軟、嗲聲嗲氣，聽著幾乎讓人起雞皮疙瘩。

楚文昕眸中溫度驟降，回過身來，就見一個長相甜美、身形嬌小的護理師站在她身後不遠處。那人表情怯生生的，光是那樣杵著，就生生營造出一種我見猶憐的感覺。

「可愛小護士」出現了。

楚文昕冷淡道：「有事？」

楚大醫師的冷氣團似乎驚到了楚楚可憐的小護士。她幾乎瑟縮了一下，才又鼓起勇氣開口：「那個……我可以跟妳談談嗎？」

談什麼談？楚文昕一點都不想談。

實在不能怪她不給人好臉色——這人名叫陳薇茜，剛入職一兩年，很年輕，是他們病房的護理師。某次見到了來找楚文昕的劉思辰後，從此被帥氣溫和且事業有成的劉醫師勾去了三魂七魄。

她明知道對方名草有主，卻總是藏不住小心思，很愛在劉醫師身邊轉悠，弄得三個人不清不楚的，讓人非常不舒服。

而她也正是導致楚劉二人感情破裂的最後一根稻草，細節其實也不用多說，劉思辰一句「我和陳薇茜上床了」，直接將這段感情宣判了死刑。

楚大醫師從來不是會一哭二鬧三上吊的性子。她拿得起放得下，也不管這兩人是不慎酒後亂性或者早已情愫暗生，一句「分手吧」，說得比劉思辰都還要乾脆。

但四年的感情不是假的，說一點也不難受，那就是騙人了。

現在，這條導火線竟然還要來找她談談？

楚文昕看著她泫然欲泣、忸怩不安的模樣，像在看外星生物一樣，覺得非常荒唐。

然而這人看起來是鐵了心要聊，好像不跟她談就要尾隨一路的模樣……楚文昕嘆了口氣，還是妥協了，跟著對方來到露天的大陽台上。

「妳要談什麼？」

楚文昕問得直接，陳薇茜卻半晌才慢吞吞地說：「楚醫師，妳、妳和劉醫師是不是分手了？」

楚文昕笑了一聲，明知故問：「這和妳有什麼關係？」

陳薇茜抿起唇，停頓了一會兒，像在給自己攢足底氣。

「我……我喜歡劉醫師，我想和他在一起，既然你們分手了，我打算和他告白。」見楚文昕沉默不語，她又急急說道：「我是真的喜歡他！我會對他好，會好好陪他照顧他。我有時間，我和妳不一樣，他、他說妳只管工作，一點都不體貼，也根本不關心他……」

楚文昕差點被氣笑，「他跟妳說這些？」

「我……我有時候會和他聊天，因爲他下班了也沒人陪他說話……」

楚文昕聽了幾句，忽然感到很神奇，自己到底在這浪費什麼時間？

陳薇茜挺厲害，生得一副無害清純的模樣，講的每一句話卻刺耳無比，準確地戳在人心上，讓人隱隱作痛。

可楚大醫師是誰啊？受傷了要回去獨自舔舐傷口嗎？才不呢，她又不是連續劇中受盡委屈的聖母女主角。讓她不好受，當然得當場嗆回去啊。

「夠了。」

她並未動怒，聲音很輕，不過也許是氣場的關係，她的嗓音在這片夜色中顯得特別清脆突出。

陳薇茜不自覺地閉嘴了。

「妳要和他怎樣，從此以後，跟我一點關係都沒有。」不等陳薇茜鬆口氣，楚文昕又說：「但妳也不用把原因講得這麼偉大，第三者就是第三者，永遠都貼上了無恥噁心的標籤，不會因爲妳的解釋就有所改變。」

陳薇茜的臉色刷白，楚文昕饒有興致地望了一會兒，而後緩慢又輕柔地說了最後一句。

「不要當了婊子又想立牌坊。」

陳薇茜的眼眶紅了。她咬著下唇，淚水在眼眶中打轉，而後又氣又傷心地扭頭走了。

楚文昕在原地杵了一會兒。她似乎已經能預見明後天醫院會傳什麼八卦——聽說那個凶猛的楚醫師，把軟萌的小護理師欺負到哭了……

她忽然就覺得很煩燥，於是沒直接離開，而是往露台盡頭的矮牆走，想在那裡吹吹風，看一下夜景。

走到底，楚文昕才發現那裡轉角原來還站著個人——周丞就這樣猝不及防地和她四目相對。

對望三秒，周丞先認輸，「我什麼都沒有聽到。」

楚大醫師點點頭，稱讚了他的識相，「很好。」

周丞還穿著病號服，右手打著石膏，吊在胸前，左手夾著一根剛點燃的菸。

將近一週過去，他那些皮肉傷都已癒合得差不多，除了嘴唇上還有兩條小小的縫線，幾乎看不出什麼受傷的痕跡。

「還沒出院？」

周丞答道：「差不多了，明早就走。」

楚文昕點點頭，「明天出院後直接來我門診，幫你拆線。」

見到這人，楚文昕就想起了前幾天的新聞，以及這陣子上班時聽到的傳聞。

現在社會治安不錯，當街鳴槍的事其實不常發生，而這兩位當事員警就住在自家醫院，自然引起了一陣討論熱度，她也很快便聽聞了細節。

那位「邱姓員警」名叫邱以軒，是周丞的下屬，派出所的基層員警，年紀很輕，比周丞還小三歲。搶救了一天一夜後，他的命是救回來了，卻遲遲未見甦醒，很有可能成爲植物人。

傳聞還說，去世嫌犯的母親撂了話，說要對周丞提告。

楚文昕試想了一會兒，覺得這也眞夠糟心了，突然感覺自己那些情情愛愛根本沒什麼大不了，不值一提。

她本想獨自吹風冷靜一下，這下也不介意多了個人，手肘撐到矮牆上，以一種十分隨意的姿態半倚著牆，眺望著遠方。

此處是頂樓，視野很開闊。時間已經不早了，但這個繁華的大都市仍被燈光襯得十分明亮，紅紅黃黃的霓虹與車燈交錯閃爍，如此風景不輸給名勝景點。

那點點燈火倒映在楚文昕漂亮的雙眸中，猶如眼底藏了一片星空，引得周丞不自覺地多看了一會兒，然後也用同樣姿勢靠上了牆，與她並肩遠望。

楚文昕忽然問道：「你會抽菸？」

矮牆上擱著一包菸，與一只打火機。

楚文昕有點意外。倒不是有什麼先入爲主的觀念，只是牙醫師對菸味非常敏感，尤其她又幫他檢查牙齒、湊得很近過，並未在對方身上嗅出丁點菸味。

周丞裝模作樣地用帥氣的姿勢夾著菸吸了一口，挑眉說：「那當然……咳咳咳咳咳！」

他這一下咳得驚天動地，楚文昕也只能無語旁觀。好不容易緩過來以後，周丞把菸滅了，懨懨道：「好吧，這不是我的，是邱以……是我朋友的。」

說完以後，一時兩人又陷入了沉默。

楚文昕想著這兩位員警的事情，周丞卻是想著楚醫師方才和「小三」的對話。

「抱歉啊。」停頓了一會兒，周丞開口：「我眞的不是故意要聽，只是一直沒找到時機打斷……我在這裡待一陣子了。」

楚文昕聳聳肩，沒覺得如何，反而問：「睡不著？」

周丞倒也沒否認，笑笑道：「最近睡得不太好。」

他的語氣流露出些許不經意的冷鬱，楚文昕察覺到了。她也知道原因，同事昏迷不醒，加上手上沾了一條人命，換作是她也睡不好。

楚文昕想了想，忽然說：「可能是因爲骨科有間病房鬧鬼。」

……這轉折，周丞是眞的沒有想到。

「住過那一床的病人都不約而同地說過自己晚上感覺被拉腳。」楚大醫師斜睨了他一眼，「搞不好就是你睡的那床。」

周丞無語片刻，最後憋出一句：「……妳還不如別告訴我。」

楚文昕看他面有菜色，還帶點委屈，忍不住好笑，「我開玩笑的。」

「楚醫師妳怎麼這樣？」

望著楚文昕帶著笑意的眼角，周丞摸摸鼻子，跟著笑了。

楚文昕看了看他的笑顏，又轉回去望著夜景，「我看了新聞。」

周丞一怔。

她的聲音很平靜，像在提一樁不需要大驚小怪的事情。

「那個嫌犯，還有他母親，我看到了。」楚文昕笑了笑，「我倒覺得，是他對不起你。」

一道極其沉重的負擔，忽而強加在這位如此年輕正直的青年身上——那是生命的重量。無論時間過去多久，這件事都將在他心中留下濃重的一筆，跟隨一生。

所以，是那位罪犯，愧對這位警官。

周丞頓住了。

楚文昕的笑容十分輕淺，映在周丞眼中，卻又似乎特別深刻。

「你沒有錯。」她說：「不要責怪自己。」

周丞深深看著楚文昕精緻好看的側顏，沉默了半晌，才慎重而嚴肅地說：「謝謝。」

楚文昕又笑了下，搖搖頭，「有什麼好謝。」

此時，後面病房的方向忽然傳來一陣騷動。

楚文昕反應很快，沒來得及與周丞打上招呼，就回頭疾步往病房趕去。

她腦中第一個念頭，是以爲那個癌末病人眞的出事了——抵達現場才發現不是。

出事的是隔壁病房，一位肝膽腸胃科的病人。他是肝硬化末期，食道附近腫大的靜脈忽然破了，引發出血性休克，心跳驟停。

周丞跟在楚文昕身後，怕影響到醫護人員，沒靠得很近。

就見楚文昕站在床邊，雙手交疊，在病人胸膛處規律下壓，周遭是忙碌奔走的護理師們。

心肺復甦其實非常費勁，楚文昕幾乎使出了全身的力量，用纖細的雙臂壓迫心臟，讓血液盡可能打到腦部和身上各處器官，延續一線生機。

她的額上很快浮出一層薄汗。

「腎上腺素三分鐘給一支！」楚文昕一面壓胸，一面沉聲喊道：「點滴全開！」

周丞的神情專注，帶著敬重，光是這樣遠遠望著，都能感受到現場的緊張與激烈。

他在那看了很久，直到終於出現了一聲呼喊。

「有脈搏了！有脈搏了！」

空氣中好似有一道無形的、綳緊的弦鬆了下來。

周丞不自覺跟著心頭一輕。他望著楚文昕停下了壓胸的動作，一抹額上的汗水，冷靜地與身旁的護理師們交代些什麼。

最開始，周丞只是單純覺得，這位漂亮的醫師姊姊眞是正經又嚴肅，讓人特別想逗一逗，除此之外倒沒什麼其他想法……現在卻不只如此了。

她冷若冰霜的外表似乎只是個假象，這人其實更像是烈火，熾熱、明亮，帶給人生命與溫暖，是一個很了不起的女人。

周丞心想：那什麼劉醫師，眼睛眞瞎。

* * *

「楚醫師！有病人！」

楚文昕一個激靈從打盹中驚醒，托腮的手滑了一下，差點用臉撞桌。

穿著白色工作服的助理推門而入，楚文昕在這一秒內抖落面上的惺忪睡意，抬起臉來，又是一位深沉的醫師。

於是楚大醫師深沉地問道：「嗯，什麼問題？」

「他說他牙間刷斷掉卡在牙縫，拿不出來。」

「……好吧，那他也是刷得夠用力了。」

現在時間一點半。早上門診病人多到滿出來，看診超時到一點多，楚文昕隨便灌了包能量飲料，在休息室瞇了一會兒，血條還沒回滿一半，下午診又開張。

口腔外科的門診，和一般醫科門診那種封閉式的小房間不太一樣，配置更接近牙科。

診間寬敞開放，門口是櫃台，再往裡面走可以看到分散擺著六張牙科診療椅位，醫師就在這六台椅位之間輪轉，助理會先安置好病人，讓醫師看完一位能直接跳到下一台。

周丞過來時，就見楚醫師忙碌得像隻小蜜蜂，在診療椅之間轉來轉去，動作雷厲風行，解決一個病人後又坐到下個病人旁邊，看了看，開始解釋病情。

那似乎是個重聽的阿嬤，所以楚文昕清脆好聽的嗓音放得很大，一字字都拖著長音，周丞隔著一個椅位都能聽得一清二楚。

「阿嬤，這要轉妳去補蛀牙，我這邊外科沒材料幫妳處理——」

「我這邊外科，在開刀的——」

「沒有！不是說妳！妳這不用開刀——」

周丞靠在一旁看了一會兒，覺得挺有趣，唇角帶著一抹淺淺笑意。

楚文昕送走阿嬷後，再轉移到下一台診療椅時，就見到周丞笑著和她打招呼。

「楚醫師。」

因爲已經出院，周丞今天穿的是私服，白T恤配牛仔褲，褲腳隨興地紮進了短靴裡面。

這是一套很簡單的穿著，但因爲他的相貌清新帥氣，又是高䠷的衣架子身材，要不是他右手還吊著石膏，光是那樣衝著她走來，似乎直接就能拍張雜誌封面，附近的女助理都朝他多看了好幾眼。

大概是昨晚太暗了，使楚文昕沒怎麼察覺，今天她總覺得周丞的身形顯得特別高大。也或許是站得太近了，加上是鍛鍊過的體格，竟讓她感覺到了一點壓迫感。

楚文昕皺了下眉頭，簡單打了個招呼，然後道：「你先坐。」

經過昨晚短暫的閒聊，他們倒也不算太生疏，略略交談幾句後，楚文昕按了診療椅的按鈕讓人躺下，拿著鑷子和線剪拆他嘴唇上的縫線。

拆了一條後，周丞說：「妳手好冰啊。」

楚文昕是天生怕冷的體質，尤其醫院不論什麼季節都開著很強的冷氣，醫師袍也不厚，以至於她一年四季手腳都是涼的。

治療之間，難免會碰觸到對方的臉，她以爲周丞是被冰得不舒服，手指抽開，

「抱歉。」

「沒事，妳會冷嗎？」周丞笑著提議：「妳可以用我的臉暖手。」

他的關心聽起來很自然，卻又好像有點逾矩，楚文昕頓了一下，選擇不予理會，拆完下一條線後自顧自說道：「傷口癒合得很好，不會留疤，看起來沒什麼問題。」

而後她又輕敲了敲那顆補過的牙齒，問道：「會痛嗎？」

周丞沉默了一下，有想隱瞞的意圖，兩秒過後還是坦白了，「其實……有點痛。」

楚文昕又做了些檢查，最後宣布：「需要抽神經了。」

周丞坐了起來，臉上寫滿了顯而易見的不情願。楚文昕心下好笑，讓助理打電話去隔壁的保存科，幫他約個時間。

「保存科？」

「對，專門在抽神經的科。」

周丞喃喃自語：「聽起來像做標本的……」

他對牙醫眞的有很多腦補，楚文昕不禁失笑，一邊等待助理去電，一邊轉頭打起了病歷。

周丞在她背後問道：「那我還要回診嗎？」

「我這邊不用了，回診去骨科和保存科就好了。」

周丞「哦」了一聲，「那就見不到妳了。」

楚文昕沒怎麼把這句話放在心上，簡單回道：「不用見到醫師是好事。」

「可是我還有事情沒做成。」

「什麼事？」

周丞單手托腮，望著楚文昕的背影，直白地說了出來：「還沒要到妳的聯絡方式。」

坦白說，楚文昕從醫這幾年來，遇到過多次病人的示好甚至是騷擾，所以也不是太在意，差別只在於這次的病患顏值比較高而已。

楚文昕一邊打字，一邊瞄了一眼螢幕上顯示的「二十四歲」，隨口說道：「你太小了。」

周丞笑了，笑容意味深長，「我不小。」

楚文昕無語片刻，懷疑他在開黃腔，但是沒有證據。

「姊姊，我是認眞的。」周丞依然望著她的背影，「我想追妳，可以嗎？」

楚文昕手指一頓，終於停下打字的動作，轉過頭來。

就見這個大男孩收起了方才玩笑的語氣，神情率直且認眞，眼睛直勾勾地望著她。

那眼神實在太過坦率而敞亮，饒是楚文昕也不禁爲此一怔。

此時，助理恰好打完電話，走了過來，「楚醫師，保存科那邊說，現在預約都要排到兩個月後了，要我們看病人會不會很痛，還好的話就等，很痛的話要不要您自己抽……」

楚文昕聞言轉頭望向周丞，後者與她對看幾秒，忽然掩著臉頰叫了一聲：「呃啊！忽然覺得好痛！」

楚文昕沉默片刻，提醒道：「你崩的是右邊牙齒。」

周丞迅速把手從左臉移到右臉。

楚文昕差點被他氣笑，「剛剛不是還不太想抽？」

周丞情話信手拈來，深沉道：「爲了妳，我可以鼓起勇氣。」

這人眞的很鬧，但可能是因爲他鬧得太光明正大、坦坦蕩蕩，竟教人生不起氣來。

楚大醫師徹底被打敗，無語片刻後，嘆了口氣，和助理說：「排我約診時間吧。」

周丞走後，門診繼續，病人依然源源不絕地湧入，診間忙亂彷彿戰場。

好不容易中間終於有個小空檔，楚文昕伸展著痠痛的肩頸，推門走進休息室，發現她的桌上放著一杯熱飲。

味道聞起來像是奶茶，她伸手摸了摸，還是熱的，應該剛買不久。

一個助理走進來喝水，看到她就解釋道：「有個手打著石膏的病人拿來說要給妳，我就放妳桌上了。」

楚文昕與她道了聲謝，又回頭端詳了一會兒，在杯身上看見了簽字筆寫的一行字：這杯給妳暖手。

字跡很飄，大概是用左手寫的，後面還畫了一個歪歪扭扭的笑臉。

楚文昕冰涼的手握著杯身，那點溫度便從雙手慢慢擴散，一路往心裡去。

她笑了一下，腦中忽然輕飄飄地閃過了蘇琇所說的理論——治療情傷最好的方法，就是進入下一段戀情。

第三章

一聽說楚文昕分手，她的好幾個牙科姊妹淘就嚷嚷著要約出來吃飯。

結果約來約去也沒喬出個大家都有空的時間，只好一切從簡，某天中午直接揪團去醫院地下街吃個速食。

口腔外科是牙科中普遍公認最忙的一科，楚文昕不出意料地遲到了，下刀走過來時午休時間都過了一半。

蘇琇還特地從診所跑來聚餐，最先看見她，喊了一聲：「文昕來了！」

「好晚哦——」

「坐這邊坐這邊！」

除了早已離職去診所的蘇琇之外，在場的另外三位女性與楚文昕一樣，都在市立醫院任職，其中一個還是保存科的，叫郭子好。

打過招呼後，楚文昕一坐下就看向郭子好，皺眉問道：「你們科怎麼回事？約診要排到兩個月？」

郭子妤臉色有點白，有氣無力地說：「妳不知道我們差點滅科嗎？」

「……什麼？」

原來是上禮拜有位病人根管治療完成後，送了自家做的一大袋鹹水雞聊表謝意。他們收下後擱在保存科休息室桌上，讓餓的醫師路過都可以自取。

但可能在常溫下放得太久了，現在天氣也還不冷，袋子又一直大敞著沒有密封——食材其實有點壞了。

隔天上班時診間空蕩蕩，保存科十一位大小醫師通通請假，食物中毒，上吐下瀉，竟是無一倖免。

聽完前因後果，楚文昕只覺離譜得無言以對。

所以要滅了一科其實很容易，食物裡摻點藥，放在往人來人往的休息室桌上，這些餓瘋了的醫師才不管東西是哪裡來的、有沒有毒，拿起來就嗑。

郭子妤又解釋道：「我們科本來就約得很滿了，加上那幾天全部的病人都往後調，才會那麼久。」

蘇琇還問：「所以鹹水雞好吃嗎？」

郭子妤幽幽地說：「眞香。」

大家笑到不行，又瞎扯幾句後，終於有人忍不住談起正題。

「所以……妳跟老劉到底怎麼回事？」

「誰提分手的啊？」

「他是不是劈腿？我在網路上好像常看到有個護理師常發他的相片？」

「我好像也有看到……」

吃一口三明治的功夫，楚文昕已經被各種問題淹沒。

她實在不是那種會找人哭訴或在背後抱怨人的個性，所以依然只是簡短回答，說自己工作太忙、感情淡了云云。

大概現在是大白天的關係，眾人沒什麼感性思維，導致這個話題充滿吐槽。楚文昕都沒說什麼，這四位女子軍倒頗有一種同仇敵愾的架式，把劉思辰從頭嫌棄到腳。

最後，郭子妤拍板說道：「不是我要說，你們眞的不合適。」

這不是馬後炮，他們對劉思辰的性格多少有些了解，郭子妤這些年來其實也感慨過幾次，說自己不懂楚文昕和劉醫師怎麼有辦法相處那麼多年。

郭子妤補充了理由，「他太強勢了，和妳不合適。他就適合那種沒什麼主見、沒什麼個性的小嬌妻，每天就負責煮飯和等待臨幸……」

「哎呀，反正那種老男人也沒什麼好，現在看著帥，其實準備要中年發福了，再過幾年就是妥妥一個肥宅大叔。」另一人毫不留情地說。

「分了好分了好，再找個更帥的男人氣死他！找個小鮮肉，去他面前來個法式舌吻，呸他一臉……」

後面眞是越說越讓人聽不下去。楚文昕一邊喝紅茶，一邊咬著吸管笑，聽見「小鮮肉」這個詞時，周丞的臉自腦中一閃而過。

午休時間本就沒多長，外加楚文昕一開始就遲到，幾個人沒能聊多久就準備回去上診。

有人問蘇琇：「那妳呢，不趕快回診所？」

「我下午休診。」蘇琇露齒一笑，「診所多自由啊，想休假就休假。難得回來一趟，我去各科繞一圈，探望探望大家。」

另一人笑罵道：「大家忙得要命，誰想給妳探望，也不怕引起公憤……」

一群人笑笑鬧鬧地往牙科部走去，然後一個接著一個慢慢散了，去往各自的診間。

只要是牙科出身的人，都必定學過根管治療。不過大醫院分科精細，多半還是會集中轉診給保存科，主要是因爲治療太多樣，需要的小器械太多了，這樣細分能有更高的工作效率。

像楚文昕的約診，多是切切腫瘤或挖挖囊腫，偶爾拔個深度阻生齒，中間忽然卡了一個根管治療，就得讓助理去保存科借一車的器械過來。

但這也給了周丞名正言順來「看醫生」的理由。

今天是他第三次回診了，根管治療準備收尾，楚文昕發現他右手的石膏也已經拆了。

「剛拆的，我剛從骨科那邊過來。」查覺到楚文昕的視線，周丞解釋道。

「這麼快？」

「我問了醫師有沒有快一點回去上班的方法。」周丞小幅度地動了動右手，「裡面還有骨板，石膏可以拆得比較快。」

主要是周丞不想請假太久，雖然手還是不太能使力，連寫字都有點困難，不過勉強還是能做做內勤。

楚文昕「嗯」了一聲，點頭道：「小心點吧。」

這就是一句簡單的問候，沒什麼特別意思，周丞聞言卻笑咪咪地說：「哎呀，楚醫師在關心我嗎？」

他的眉目舒展，神采開朗，如果有尾巴的話，現在應該瘋狂搖擺起來了，像隻大型犬一樣。

楚文昕讓人在診療椅上躺下，神情波瀾不興，「醫師關心病人是理所當然的事情。」

周丞這三次回診，每次都會帶杯熱飲給她，除此之外倒沒有太過窮追猛打。最初那句「我想追妳」過後，他也沒再說什麼緊迫逼人的話，相處自然輕鬆，最多偶爾調笑一兩句，氛圍頗舒適。

還挺懂得「點到為止」。楚文昕心想。

然而醫院的員工們都是人精，路過時看一兩眼、聽個一耳朵，就曉得這兩人可能有那麼點火花。

所以醫院最近的八卦變了，沒什麼人再提楚文昕與劉思辰，談的都是——最近有個特別帥的病人在追楚醫師呢。

「你們醫院外面很多違停，」周丞躺在診療椅上，在治療的間隙中閒聊道：「我等等可以開一排單子。」

楚文昕思緒被帶偏，試著回憶她今早將車子停在哪裡。

他們醫院其實有員工專用的地下停車場，但每天尖峰時刻都會塞車，楚文昕偶爾不想等，也會隨意停在外邊。

她一時想不起來，只好幽幽道：「你敢往我車上開一張試試。」

周丞望著她手中根管治療專用的尖銳器械，下意識吞了口口水，「我開玩笑的。」

見楚文昕神情透露出懷疑，周丞哭笑不得，「我現在又沒在値勤。」楚文昕半信半疑，又沉思了一會兒後，終於想起她今天有好好把車停在停車場，就放心了，轉而問：「你們平時開單之外還做些什麼？」

周丞得張嘴做治療，說話不是很方便，所以他們聊天的速度很慢，三五分鐘才講上一兩句話。

「挺雜的，車禍、走失、打架，各種糾紛等等，有什麼做什麼。」

楚文昕對他們這一行並不了解，生活又是醫院家裡兩點一線，平時也不常遇見警察。對她來說，這是只有在動作片上才會看見的職業，因此有些好奇。

「做警察是不是滿危險的？」

「看地區吧，這裡是市中心，事情的確比較多一點。」

接著周丞說了近期一些比較危險的事件，例如追捕強匪或通緝犯，或路檢時拒測的人故意開車衝撞警方等等。

然後楚文昕想起了新聞播報時他的稱謂，「你是所長？」

「唔，是啊。」

「我以爲……」楚文昕停了一下，可能覺得有點失禮，換了個委婉點的說法，「所長聽起來年紀很大。」

周丞哈哈笑，「好像有很多人這樣以爲。」

半小時的療程在閒聊中很快度過，楚文昕按了下診療椅的按鈕讓他坐起來，「好了。」

「抽完了？」周丞歪頭看她，「我這顆牙齒……沒神經了？」

這個問題聽在醫師耳中其實有點怪，卻有很多病人都會這麼問。

「對，怎麼了？」

「唔，沒有，只是覺得……」

見周丞一副難以言喻的樣子，楚文昕邊收器械邊說：「覺得牙齒失去了靈魂？」

「對！」周丞露出了被理解的表情，「就是這種感覺！」

「……其實我只是隨口說說。」

周丞不是她最後一個病人，楚文昕在門口櫃台與他交代一些注意事項後，便讓人走。

不再有什麼問題的話，這就是周丞最後一次回診了。他與楚文昕對望幾秒，本還想說點什麼，卻聽外頭傳來一道有點衝的男聲。

「楚醫師在這裡嗎？」

聲音很響，語氣凶狠，那是一位看起來三十歲上下的男人，面上神情猙獰，身材高大，頗有些福態。

楚文昕皺眉，三兩步上前道：「我就是，您哪位？」

原來他是那個癌末病人──張老先生的大兒子。

這人長期居住在國外，大半年也不見蹤影，這會兒聽到父親快過世了才終於趕回來。

他一點都不了解病情，也根本沒親手照料過對方，現在卻擺出父慈子孝的樣子，一臉憤怒地來興師問罪──標準的「天邊孝子」症候群。

「為什麼不安排手術？妳就這樣把人放著等死？」

「詳細的病況都有和病患的女兒解釋過了。」楚文昕淡淡道：「您要不要先向您妹妹詢問清楚？」

「她一個小女生又不懂？還不是你們說什麼是什麼，還被你們騙著簽什麼放棄治療的同意書？」

「放棄急救同意書。」楚文昕糾正道，面色也不太好看，「我們只是建議，令尊目前並沒有簽。您如果並不曉得狀況如何，就先回去和家屬討論出共識，我後面還有病人，沒有空聽您發洩情緒。」

這裡是診間門口，人來人往的，有些路過的病人已經被這裡的動靜吸引過來，待在遠處圍觀。

這位張先生顯然沒想到會反過來被女醫師說教，覺得在大庭廣眾下失了面子，更加火大了，咆哮道：「妳這女人算什麼東西，以爲穿了醫師袍就很了不起？我爸要是有什麼事情，我要妳好看，我告訴妳——」

楚文昕沒把話聽完，轉身打算撥電話，請保全來處理。

這種冷淡的漠視大概更激怒了這位男人，他伸手就要去抓楚文昕的肩膀。

周丞在這時候動了。

他的動作太快，以至於沒有人能完全看清。他似乎一手握住了張先生伸出的手腕，另一手猛然一提一按，「砰」的一聲巨響，張先生整個上半身被按趴在櫃台上，手被倒扣在腰後，哀號了一聲。

整個過程俐落迅速、行雲流水，楚文昕回過身來，愣在原地。

一陣突兀的寧靜之中，周丞好聽的嗓音悠悠響起：「說話歸說話，動手就不太對了吧？」

張先生猶在罵罵咧咧地掙扎著，但周丞稍一使勁，這人又疼痛地嚎了一聲，感覺手肘快被掰斷，不敢亂動了。他的臉在櫃台上被壓得變形，只能口齒不清地辯解道：「沒有、沒有要動手，我就是要和她好好講講道理……」

「講道理啊？」周丞面上帶笑，笑意卻不達眼底，「警察最喜歡講道理，不如我送你過去？」

「不用不用不用……」

片刻後，保全來了，把這人架了出去，圍觀的人也漸漸散了，留下楚文昕與周丞二人站在原地。

楚文昕盯著他挺拔高大的背影看了一會兒，沒忍住說：「你的手……」

周丞愣了一下，似乎沒想到楚文昕先反過來關心自己，回過頭來，笑笑道：「沒事，我用的是左手。」

一面對楚文昕，他方才的攻擊性便立刻消散了，像個毫無威脅的鄰家弟弟。他叮嚀道：「之後還有什麼事就報警。」

楚文昕不以為意地聳聳肩，「沒什麼，醫院很常有這種事情。」

見楚文昕一臉淡定的樣子，沒怎麼受到驚嚇，周丞的笑容又變回平時輕鬆的模樣，半開玩笑道：「不然，打給我也可以。」

可能是剛剛被人護在身後暖了心，又或者是單純被那一下俐落的擒拿給帥到了，楚文昕這次沒有直接拒絕，而是彎了彎嘴角，鬆口說：「我考慮考慮吧。」

周丞眼睛一亮，提議道：「那我寫號碼給妳啊。」

「不用。」

見周丞眉眼耷拉下來，像是一隻沮喪的大狗，楚文昕心裡好笑，又補充了一句，「病歷上有你的號碼。」

這隻大型犬便又高興了，尾巴似乎搖了起來，但沒等他們再說什麼，就聽不遠處的護理師喊道：「楚醫師，下一個病人已經來了哦，等十分鐘了。」

楚文昕轉頭往那邊喊了一聲：「這就來。」

語畢，轉頭就見周丞還在望著她，眼神中帶著亮晃晃的笑意。

兩人之間的距離似乎站得太近了一點，以至於周丞垂眸落下來的目光宛如帶著重量，讓楚大醫師不知為何又一次地感覺有些難以招架。

她錯開視線，匆匆與周丞道別，隨即忙碌去了。

解決完最後一個病人後，楚文昕看了看手機，發現有兩通來自蘇琇的未接來電，便撥了回去。

「怎麼了？」

「沒事，剛剛本來想問妳員工號碼，地下街能打折呢。」

楚文昕一陣無語，而後又問：「妳回去了？」

「對啊，正要走。」蘇琇發出一串魔性的笑聲，「跟妳說，我剛才去牙科悠悠哉哉地巡迴了一圈，差點引發眾怒。對了，我還故意去前老闆面前……」

楚文昕拿著手機與她聊了一會兒天，一邊整理著今天的病歷。

說到一半，蘇琇忽然無預警地大叫了一聲：「楚文昕！」

楚文昕被她突然拔高的音量嚇了一跳，還未應聲，就聽那頭又問：「醫院外面會拖吊？」

接著話筒那邊傳來咻咻風聲，與蘇琇的喘氣聲，像是跑了起來，一邊歇斯底里地大喊：「等等！等等！別拖！我人在這裡——」

今天有乖乖停好車的楚醫師毫無同情心地笑了一陣，想對方大概也沒空和自己說話了，便道：「妳忙吧，掛了。」

她收起手機，翻到下一本病歷，就見姓名欄寫著「周丞」二字，下方填了病史與連絡電話等等資料。

楚文昕盯著那串數字看了幾秒，笑著嘆了口氣，在心裡琢磨道：也不知道這種年輕弟弟到底可不可靠？

***

派出所所長是一個非常忙碌且吃力不討好的職位，要處理的事務很繁雜，打架鬥毆、竊盜、夫妻吵架、各種車禍、一系列糾紛等等，甚至有民眾連家裡狗狗走失了都會來找你。

除此之外，所長上有分局長官，下有基層員警，是卡在中間的夾心餅乾，很難做人。尤其很多基層員警可能都很資深了，不見得會服一個僅有學歷、橫空出世的小毛頭。

但周丞處事圓融，態度謙遜，沒有因爲自己位高一階就頤指氣使，或者爲了績效而對部屬苛刻。他性格開朗隨和，又很有本事，事情處理得漂亮，能跑能打，也挺有擔當，遇上事都先扛，帶班巡邏也絕不會是走後面的那一個，非常護著自家的員警們。

於是他被調任爲青湖派出所所長不過半年時間，便頗得人心，是基層員警口中人人嚮往的「好主管」。

石膏一拆，周丞隔天就上工了。

「所長回來了！」

「所長好！」

「所長辛苦了！」

因爲邱以軒還在加護病房裡躺著，所以派出所的氣氛顯得有點低靡，不過見到周丞平安歸來，大夥還是挺高興，熱烈地歡迎了一陣。有個年輕的女員警甚至眼眶都紅了，關切著周丞的傷勢。

「沒那麼嚴重，都去忙吧。」周丞笑了笑，遣散了這群人，又對著不遠處一個神色有點陰鬱的青年說道：「林警員進來找我。」

他進辦公室坐下不久，林警員便敲門進來了。

這人叫林帆，三十出頭歲，虎背熊腰，理著小平頭，制服脫掉的話，看起來還比較像是個流氓。

他的性格也差，脾氣暴、難相處，早些年二技沒考上，到現在都還是基層警員。他年紀比周丞大了將近十歲，卻得認周丞爲長官，對此心裡一直很不平衡，是派出所中少數難以管教的人。

他在周丞的桌前站定，臉很臭，不過周丞才不管那些，直接開口詢問：「大概已經有人問過你了，但我還是再問一次。那天你應該跟邱以軒一起巡邏，你人去哪裡了？」

他們的巡邏任務從來不會讓員警落單，特別是這種人口密集、事件繁多的轄區。然而在周丞接獲通報、趕到現場之前，邱以軒顯然是隻身一人。

林帆沉默了好一陣才回答：「我在……附近的店裡。」

「你在做什麼？」

林帆再次沉默，周丞卻點點頭，逕自說了下去：「讓我猜一猜？邱以軒和你去巡邏，中途你找間店賴著吹冷氣偷懶，反正邱以軒也叫不動你，你覺得他是學弟，好欺負，是不是？」

周丞的神情其實不帶憤怒或鄙夷，就是語氣很冷。

他素來溫和，很少這樣說話，林帆頓時有種受到羞辱的感覺，沉不住氣地回嘴道：「對！我很累，我在休息！怎麼樣？」

他的面色扭曲，想必這陣子也處在不小的壓力下，這下任由自己爆發了。

「邱以軒根本就是個小白臉，什麼也不會！只是去便利商店簽個名而已，我哪知道他這樣也能出事？」

他罵著罵著好像來了底氣，吼道：「是他根本不適合當警察，這種走後門進來的就只會拖人後腿！大輪番已經很累了，誰有心力照顧這個弱雞！」

他的話有一部分戳中事實，邱以軒確實斯文瘦弱，體能普普，性格還有點膽小怕事。在那種情況下，分明該立即拔槍了，但從監視器上看起來，他的手從頭到尾都沒有要伸向腰際的意思。

「走後門進來」指的則是邱以軒有個當議員的遠親，曾在他上班頭幾天來派出所跟大家打過一次招呼，可也僅此而已——這句指控更像是指桑罵槐，針對周丞的「背景」。

然而，這與林帆擅離職守是兩碼子事。

周丞不怒反笑，「邱警員處理所有民眾的報案都盡心盡力，從不馬虎。他的勤區內有多少人口，哪條街上有獨居老人，全都記得一清二楚。你呢？除了體能比他好一點、跑得比他快一點，你還有什麼？」

林帆的臉色因為憤怒與難堪而脹紅，雙拳緊攥。

周丞望著他，一字一句道：「你比他更不配當警察。」林帆張嘴想要再說些什麼，也許是辯駁，周丞卻不想再聽了，冷冷道：「滾出去。」

不過請假幾天，要處理的事情便積成了一堆，周丞在辦公室內風風火火忙碌了一上午後，下午去了分局一趟，開例行性的週報會議。

他現在算是有點出名了——雖然不是什麼好事——一些認識的同僚路上見到他，都拍了拍他的肩膀致意。

週報會議通常是一些勤務任務交付，或工作檢討等等。似乎沒想到周丞這麼快上工，主持會議的分局長還多看了他兩眼。

會後，眾人中氣十足地齊聲喊道：「謝謝分局長！」

分局長擺擺手，讓人解散，卻又說：「周警官，你留下來。」

人群散去後，周丞起身來到分局長桌前，筆直站定。

分局長近五十歲，姓王，會議室中只剩下他們兩人後，他面上端著的嚴肅就收掉了，神態像是長輩在關心晚輩，「坐吧。你怎麼這麼快就回來上班？傷都好了？」

分局長與周丞的父親有舊交情，加上周丞本身又出色，因此素來很看好他。兩人還算親近，周丞私底下都喊他王叔。

「沒有大礙。」周丞笑笑道：「再不回來，我們副座怕是忙到頭髮要掉更多了。」

分局長聞言嘆了口氣，「你們派出所那一區熱鬧，事情也多，讓你去那邊歷練，本來是想這樣績分累積得快，沒想到一下子就發生這種事……」

青湖區是蛋黃區，位於市區正中心，除了有個面積不大的湖泊公園之外，其他地方都蓋滿了建築，是全國最熱鬧、人口最稠密的地區。

「再有什麼事就跟我說，我把你調回分局來。」

周丞忙道：「不用，眞不用。我在那邊挺好的，學到了很多。」

見周丞堅持，分局長也不再多說，轉而道：「黃笙的事情已經成立了專案小組，但你最近還是小心一點，那個集團走私軍火和毒品，規模不小，不是沒有找你尋仇的可能。你回來上班也好，待在派出所還是安全點。林警員的懲處過幾天會下來，會調離你的派出所。」

林帆是周丞所裡的員警，他曠職，其實周丞多少該負點管理責任，然而大概因爲林帆本就是出了名的難管教，身上已帶著多支申誡，算是問題員警，上面便也沒想讓周丞來擔這個責任。

「之後會有檢察官向你問話，不用太有壓力，這件事情你做得對，就是例行性的調查而已。新聞也別太認眞看，很多記者講話沒經過腦子。」分局長停了下，又補充：「不過報告還是得寫。」

「我知道。」周丞失笑。

「不要想太多，周丞，無論如何，你終究是救下了一位警員的命。」分局長讚許地點點頭，望著身穿制服的周丞，沉沉道：「你父親會爲你感到驕傲。」

第四章

楚文昕最後還是沒有主動連絡周丞。

一方面是因爲她才剛結束一段令她無比心累的感情，暫時很難有動力開啓下一段關係。嶄新的戀情意味著必須重新開始各種未知與磨合，楚文昕光是想想就覺得有些退縮了，不是很想面對。

另一方面則還是同樣的問題——她實在太忙了。

她值班時得二十四小時待命，沒值班時都在準備專科考試需要的病例報告，成天泡在投影片與論文之中，這陣子幾乎天天熬夜。

於是那點感情事暫且被她擱著沒理，時間一長，也就不了了之了。

日子在極度的忙碌與緊繃中度過，不知不覺，楚佑廷的生日也到了。

楚文昕特地把值班調開了，但今年的平安夜在週五，白天還是得上班，她打算下班後再開車趕回去。

早上門診時，絡繹不絕的病人當中，出現了許久不見的老面孔。

楚文昕認出來了，打了個招呼：「佘嬸，好久不見，怎麼來了？」

佘嬸坐在診療椅上，有點訝異，笑說：「楚醫師還記得我啊。」

佘嬸五十多歲，是位和藹親切的婦人，也算是楚文昕以前的老病人。三四年前還未細選科時，楚文昕在補綴科受訓，曾幫佘嬸做過一陣子的假牙。當時她們聊得還算投緣，不過此後便再沒有交集，因此佘嬸被楚文昕的記憶力嚇了一跳。

她看了看楚文昕一身白長袍，點點頭，稱讚道：「楚醫師現在獨當一面啦，眞厲害。」

楚文昕笑笑：「哪裡，明年才升主治醫師呢。」

門診表上，楚文昕的診次都有附註是「總醫師門診」，不過一般人倒也不見得完全了解醫院這些層級名稱。那個「總」字常讓人感覺有種「統領所有醫師」的氣勢，其實說白了，總醫師只是第五年，也就是最後一年的住院醫師。

聞言，佘嬸似懂非懂地點點頭。

楚文昕在電腦前坐下，點開了病歷系統，一邊檢閱一邊問：「所以今天來是什麼問題？」

「我得了乳癌。」

楚文昕頓了一下，回過頭來看她。

就見余嬸語氣平靜地說：「之後要開刀化療，那邊的醫師建議我化療前來看看牙齒，如果有些狀況比較差的，看要不要先拔一拔。」

楚文昕約莫停頓了一秒鐘，一秒鐘後，那些多餘的、不必要的情緒，便都好好地藏起來了，收到了象徵著專業的白袍底下。

她沒有顯露出任何震驚或難過，只是點開X光片看了看，就事論事地與她討論了起來。

「這個阻生智齒建議拔了，長得不太正，而且有蛀牙了。還有左上這一顆，牙周病很嚴重，我建議拔掉這兩顆……」

余嬸乳癌的手術迫在眉睫，楚文昕便決定不另外約診，備好器械後當場處理。這讓她的門診整個被耽誤，即便後面一路爭分奪秒、看得筋疲力竭，結束門診時仍超時到了午休時間。

在醫院有非常多會議，除了每天都有的晨會之外，午休時間也很常被拿來開會——今天中午的會議，是牙科部內的病例報告，正好輪到楚文昕發表考試病例。

她本想在報告前先自己過一遍投影片，誰知道門診結束後跑著趕過去會議室時，所有人都已經到場了。

考試用的病例報告沒那麼簡單，所有細節都會被用放大鏡查看，如同在雞蛋裡挑骨頭，何況他們口外還有個公認特別難搞的主治醫師。

更糟糕的是，楚文昕和他其實有那麼點過節。

這人叫柯孟仁，三十來歲，極愛喝酒，且尤其愛灌後輩，每回科內聚餐因為他的關係，都得辦在有酒喝的地方。

剛進口腔外科不久，在一次聚餐上，楚文昕就被柯孟仁硬是逼著喝了好幾杯酒。

她其實不喜歡酒味，覺得苦，而且酒量也不好。

可她生得漂亮，外型搶眼，又是新進成員，柯孟仁哪可能輕易放過？一下子說不喝就是不給他面子，一下子說她掃興、不乾脆，一下又說他是專科考試的面試官，他們這些學弟妹都要小心一點……

楚文昕喝醉面上不顯，因此也沒人注意到，才兩三杯酒下肚，她眼前其實已經天旋地轉，智商下線。

後來柯孟仁不知道說了什麼，一下摸她手、一下摟她肩，惹煩了楚文昕。酒杯又一次硬是被倒滿時，她拿起來直接就往他臉上潑，好像還罵了一些不太好聽的，像是老色胚噁心、禿驢、臭不要臉……諸如此類云云。

全場頓時鴉雀無聲。

後來發生什麼事楚文昕不太有印象，當時還是實習生的彭淮安似乎幫忙聯絡了蘇琇，然後把她送回了宿舍。

柯孟仁囂張那麼多年，沒出過這麼大的糗，哪能善罷甘休？

但他才正準備要找碴，楚文昕更狠，知道大禍臨頭，決定先發制人，隔日直接寄了一封投訴信到院長信箱，直指柯醫師愛灌學妹酒，更藉機對女孩揩油，是職場性騷擾。

先不說楚文昕拿不拿得出證據，這事一爆出去就很影響醫院形象。

後來柯孟仁被院長約談了好多次，倒也不敢有什麼小動作了。

然而，雖然不能明著找碴，要給後輩添點堵還是挺容易的。會議上，就聽柯孟仁慢悠悠道：「楚醫師很大牌啊？這麼多人就等妳一個。」

楚文昕習以爲常、見怪不怪，逕自打開筆記型電腦，點開投影片，開口時都還有點喘，「抱歉，剛才門診延誤了。各位醫師午安，今天是我的專科考試病例報告……」

葉至良的母親很悲痛，且悲痛得很高調。

她樂意接受採訪，甚至主動接觸媒體，很多記者便像聞到血味的禿鷲，盤旋群聚來啃這顆人血饅頭。

相較之下，仍未甦醒的邱以軒員警，其父母就顯得很低調。他們今天去了派出所，周丞親自收拾了邱以軒的一些個人物品，交給了這對夫妻。

雖說整件事情錯不在周丞，但他是邱以軒的直屬上司，人在他手下出事，不免感到難以交代。

這對夫妻卻並未指責什麼，只是靜靜地接過那些物品，靜靜地流淚，然後靜靜地走了。

周丞望著他們離去的背影，不知怎地，竟覺得這比面對葉至良母親的指控更令他難受。

「唉。」

一道嘆息聲從背後傳來，周丞回頭，站在他身後的是一名與他年紀差不多的警員。

「以前我們看見警察都覺得很偉大，現在倒好，看見警察直接把你按在地上往死裡打。」他搖了搖頭，「我們成天拿命去拚，也得不到什麼回報，現在榮不榮譽都是其次了，只希望能有那個命可以平安下崗。」

這人叫蕭任尹，國中曾和周丞同班過，後來周丞上了警大，蕭任尹上了警專，意外在派出所相遇。年少時兩人交情就不錯了，現在在派出所共事，關係變得更鐵。

一個是所長，一個是基層員警，雖是老闆與下屬，但一方面周丞不喜歡擺架子，一方面蕭任尹本身表現也都挺優秀，不需要人說教，兩人相處模式便更接近朋友、哥兒們。

蕭任尹又說：「邱以軒是獨生子，難爲這對老夫老妻了……」

擅離職守的林帆已經被調走，兇嫌葉至良也已經去世，邱員警的父母那口氣大概也無處宣洩，只能梗在喉嚨，和著血自己吞了。

周丞一時無語，心中五味雜陳。

坐値班台的員警這時接了通電話，然後朝周丞喊道：「所長，圓環旁邊那間麵店說盧家虹小朋友又去白吃白喝了。」

盧家虹在他們派出所很出名，是個才七歲的小男孩，一天到晚逃家翹課，被周丞逮回警局好幾次，大家都叫他「盧小小」。

「又是那個盧小小？」蕭任尹樂了，「到底是多不想上小學啊。」

周丞嘆了口氣，拍了下蕭任尹的肩膀，「走了，順便去巡邏。」

「還巡？你手不是骨折？」

「對啊，還不快拿上你的槍來保護你爸爸我。」

「操……」

兩人收拾好裝備，在罵罵咧咧中一起出門了。

每回報告，楚文昕都是被柯孟仁罵得最慘的那一個。

畢竟醫療沒有絕對正確的答案，她選右他就問爲什麼不選左，選左就問爲什麼不選右，窮追猛問到終於答不出來後，對方就能夠「合理地」開罵。

「這個病例爲什麼選用鼻唇皮瓣？」

「這種皮瓣功能與美觀性佳，恢復期短，血液供應豐富，有很好的存活率。病灶侷限在嘴唇三公分內，我認爲可以適用。」

「妳有考慮過張力的問題嗎？還有頰側那個缺口是怎麼回事？」

「那個地方決定以第二級癒合……」

果不其然，這一場病例報告，就是牙科部全體四五十人觀望這兩人你問我答、鬥智鬥勇。

楚文昕的報告自然不可能是完美的，但以考生來說，已經算很優秀了，刀開得其實也挺漂亮。她念過很多教科書與醫學期刊，大部分問題都能答得上來，卻也架不住柯孟仁硬往刁鑽冷門處問，幾來幾往後終於被問住了。

「說話啊，連這都不會？」

終於問到人語塞，柯孟仁的嘴臉立刻變得得意洋洋，刻意拖著長音道：「考試不是長得漂亮就有用，妳以爲可以靠一張臉過啊？穿短裙去跟考官撒嬌就會讓妳合格？」

他自以爲幽默，說到這邊停了一下，發現沒多少人跟著笑，便又繼續說下去：「這種程度我看妳今年也不用考了吧？要不明年再去啊，省得丟人現眼……」

眾目睽睽之下，楚文昕沉默不語，面上亦沒有什麼表情。

一小時的會議楚文昕的報告只占了一半，剩下一半都是柯孟仁在大庭廣眾下對她的嘲諷與羞辱。

口腔外科還有個很欣賞楚文昕的女主治醫師，偏偏這陣子請假待產，因此沒人出來幫她說話。

眼看午休時間快結束了，牙科部長才好脾氣地出來打圓場，「好了好了，離考試還有幾個月，楚醫師回去多念點書，再認眞一點還是可以的，我們今天會議先到這邊……」

部長是補綴科，專門做假牙的，對口腔外科其實也不太了解，圓場打得讓楚文昕更不好受。

對方似乎沒看出是柯孟仁故意找麻煩、在性別上針對她，說得倒眞像是楚文昕能力不足，書念得不夠多。

聞言，大家三三兩兩離席，有幾個和她比較熟的年輕醫師靠了過來，輕聲安慰了幾句。

楚文昕笑了笑，「沒事。」

此時下午診已經開始了，楚文昕連吃飯或者收拾心情的時間都沒有，回到診間，匆忙喝了一口水，就接著去看病人了。

下午診沒比早上悠閒，依然跟打仗似的，病人多得要命，分明才剛開診而已，健保卡已經排成長長一列，看不見盡頭。尤其還特別多聽不懂人話、不停鬼打牆的病患。

且說如何用最簡短的字句激怒女醫師？答案是：叫她小姐。

「小姐，醫師來了嗎？我想問我這鼻胃管能不能拿掉……」

楚文昕的臉超臭，「我就是醫師。」

這其實挺奇怪，她分明就穿著白袍，胸口繡的「楚文昕醫師」五個藍字只差沒有貼到他臉上，就還是有人看不懂。

那老翁似懂非懂地打量她片刻，「小姐，那我這鼻胃管能拿嗎？戴著好不舒服啊……」

楚文昕血壓直線升高。

正好在這時候，彭淮安湊了過來，低聲說：「學姊，病房那個癌末的張先生，他兒子又來了，這次連二兒子也一起來，在櫃台那邊吵，說要和妳談……」

似乎全世界的人都選擇在這一天挑戰她容忍的極限，有那麼一秒鐘的時間，她覺得自己崩潰了，很想歇斯底里地尖叫，讓他們放過自己。

可那點破綻只在她面上稍縱即逝，一秒過後，她的理智就強勢回歸了。

她讓老翁坐在診療椅上等她一會兒，而後起身往櫃台那邊去了。

張家老二和高壯的老大是截然不同的風格，他身材瘦瘦小小，西裝革履，還配著一副細框眼鏡。兄弟倆唯一相同的是態度都很差，且立場一致，質疑她爲什麼不做治療。

「看是要開刀，還是化療放療，或吃什麼藥都好，再這樣什麼都不做的話，我爸要是有什麼三長兩短——」張老二也許念過點書，比較能言善辯，語氣很刻薄。他伸出一根手指，指了指楚文昕的臉，「我告到妳傾家蕩產。」

可能是礙於上回被周丞按趴在櫃台，這次老大顯得克制了一點，沒再試圖動手動腳，只在一旁時不時口氣很衝地附和幾句。

楚文昕態度不變，把該說的說一說之後，便不想再談。

張家兄弟在櫃台賴著不走，說話聲越來越大，場面弄得不太好看，最後是張家老三——張小姐出現了，哭著拜託兩位哥哥先回去談，才好不容易結束了這一場鬧劇。

楚文昕終於能回頭去看診，那老翁看見她回來，大概也醞釀了很久，張口就說了一串：「小姐，鼻胃管妳要幫我拿掉了嗎?還有，小姐我跟妳說，透氣膠布妳給我用另外那個牌子，這個撕下來很痛，然後……」

楚文昕的情緒本來還好，然而那一聲又一聲的「小姐」，卻忽然讓她在這一刻徹底洩了氣。

這一陣沮喪來得很突然，像是一顆被戳破的氣球，再也撐不住堅強的外衣，挫敗感將她完全淹沒。

好像不論她爲這些病人、爲這間醫院付出多少，無論她多麼努力、做得有多好，眼前這個世界仍回以她惡意與否定。

大概總有那麼一些根本上的事情，她始終無力改變。

盧小小一直都在周丞的關注名單之中。

他的父母每天都在吵架，婚姻瀕臨破碎，沒人有空管這個小毛頭，於是他經常逃離充斥著叫罵聲的家，卻又無處可去。

況且他年紀實在太小了，經常有民眾以爲他是走失兒童而報案，因此成爲了派出所的常客。

久而久之，他也與特別關照他的周丞混熟了，更是把派出所當成自己家一樣，有時候還來這裡吃點心或寫作業。

盧小小外表看起來是個可愛清秀的小男孩，內在卻特別難搞任性，調皮又過動，是那種會去掀女孩子裙擺的臭屁孩，因此在派出所內得到了「盧小小」這個封號。

但他本性其實不算太壞，且也看得出誰是眞心對他好，所以還算願意聽周丞的話，這一兩個月以來已經比較少逃學了。

盧小小坐在麵店角落的一張椅子上，蕭任尹看到便喊了一聲：「盧小小，幾天沒管你，怎麼又逃學了？」

盧小小回頭，好奇地問：「爲什麼叫盧小小？」

周丞白了蕭任尹一眼，後者說：「就……是說你還很小的意思。」

盧小小半信半疑，也沒再追問，看著周丞付錢給麵店老闆，然後過來牽著自己走了。

回程路上，他們在沿途的巡邏箱停留巡簽。

蕭任尹簽名時，周丞一邊觀望四周，一邊問手邊的小孩：「你怎麼又不去上學？」

面對周丞，盧小小大概還是有點心虛的，便小聲道：「老師教的東西太簡單了，不聽也都會了。」

行吧，原來還是個天才兒童，下次得拿微積分或電磁感應教訓他一下。周丞心想。

「那怎麼來這裡吃霸王餐？你這樣老闆會很困擾。」周丞的語氣很平靜，不是在罵人，而是很有耐心地與他講道理。

盧小小面對周丞便也不那麼「盧」了，顯得有點底氣不足。

「因為我沒錢。」盧小小低下了頭，「可是我好餓……我不想上學，想賺錢。」

周丞嘆了口氣，「下次不知道去哪裡，就來派出所，知道嗎？」

「可是周丞你最近都不在……」

望著小孩彆彆扭扭的樣子，周丞才意識到，這個乖了一陣子的小孩為什麼這幾天又開始作怪——原來是因為找不到他，所以鬧脾氣呢。

「沒禮貌，叫哥哥。」周丞笑罵，揉了一把他的頭，又開始隨口瞎說：「再不然就叫爸爸。」

盧小小才不甩他。

周丞接著解釋道：「哥哥最近生病了，去醫院看醫生，所以才不在。」

盧小小這才嚇了一跳，「你怎麼了？」

「手受傷了。」周丞晃了晃那隻牽著盧小小的右手，嚇唬他：「你牽小力一點，不要把哥哥的手牽斷了。」

盧小小還眞信了，牽著的手放輕了一點，猶如對待一個易碎的玻璃製品，面上表情嚴肅，像在說「眞是拿你沒辦法」。

小朋友思想單純，忘性大，知道周丞不是棄他於不顧，那點小脾氣很快就散去了。

確認周丞的傷沒有大礙後，盧小小便又高興了，抬起臉來問道：「當警察錢賺得多嗎？」

盧小小體型嬌小瘦弱，看起來像是營養不良。可能是被餓怕了，一個七歲小孩嘴邊一直掛著錢錢錢，倒也不讓人反感，反而引人心疼。

「多啊，怎麼不多？」周丞一本正經地唬爛：「你不知道哥哥我坐擁金山吧。」

盧小小臉上是大寫的懷疑，看來的確還算聰明，並不太相信。但他想了想，又說：「算了，賺不多也不要緊，我長大也想要當警察，跟周丞你一樣。」

蕭任尹說，他們警察成天拿命去拚，卻得不到什麼回報。

望著手邊小孩老氣橫秋的模樣，期許著長大要和自己一樣，周丞釋然地笑了一聲，心想：其實，這就是回報了。

楚文昕把自己反鎖在洗手間裡。

她打開水龍頭，任由水流嘩嘩沖刷，雙手撐在洗手台的兩邊，盯著鏡中的自己。

就見鏡子裡的她面色蒼白憔悴，眼底下有著熬夜多天帶來的淡淡青黑，原本梳理整齊的馬尾，在忙碌混亂的門診中，有點亂了，落下幾縷細碎髮絲。

真狼狽。

她沒有要哭，她不是遇事就哭哭啼啼的性格。

她就是……太累了。

楚文昕深深吸了口氣——總覺得最近很常得這樣深呼吸——又吐出，然後直望著鏡中那人，在心中一字字說道：別讓他們擊垮妳。

現在已經是晚上六點左右，天色都暗了，楚文昕下班後還得趕回老家，過她弟弟的平安夜生日——他們老家在鄉下，開車要一個多小時。

所以她的步履匆忙，在病房迅速巡了一圈，沒發現什麼問題，便打算下班離開了。

一旁卻恰好傳來一陣訓斥聲，似乎是護理長在罵後輩。楚文昕原本沒打算介入，但又依稀聽見護理長提到了她病人的名字，便在路過時順口問了句：「怎麼了？」

問完瞥了一眼才發現，挨罵的正是陳薇茜。

見楚文昕過來，護理長稍稍斂去了火氣，打了聲招呼，然後壓著脾氣說：「楚醫師，不是我在說，這學妹實在太粗心了，連自備藥都收錯床，病人差點就吃錯藥了，還是妳的病人自己發現怪怪的！」

她邊說邊翻起了舊帳，「上次也是，有個病人消失了老半天她也沒發現，最後才找到那人在洗手間偷吸毒，差點就出大事了。還有上上次……」

這舊帳真是翻不完。

護理長人其實不錯，處事不是非常圓融，但公正，就是性子急了一點，講話比較直。

陳薇茜被罵得臉色蒼白，低垂著頭不吭一聲，眼眶蓄滿了淚水，彷彿隨時要掉下來。

這也是楚文昕不喜歡此人的原因之一，她似乎就是個貨真價實的花瓶，倒也不是態度不好或散漫偷懶，然而就是什麼都做不好，一天到晚粗心大意，入職這麼久以來也未見長進。有人一說她，眼淚就掉得比誰都快，好像遭欺侮似的，特別委屈。

在醫院中的疏忽，小可以很小，大也可能導致非常嚴重的結果，陳薇茜卻似乎還沒能了解到這份工作的嚴酷面，被罵時心裡總埋怨著這又沒什麼大不了，不懂得反省。

她幾乎可謂是楚文昕的相反體，滿腦子只顧著想那些情情愛愛，心思完全不曾放在工作上。

楚文昕眉毛蹙起，其實沒想說什麼，確認沒搞出什麼差錯就打算走了，一道男聲在此時響起。

「出了什麼事嗎？」

來人竟是劉思辰。

陳薇茜和楚文昕幾乎同時一頓，而後做出了截然不同的反應，前者眼睛一亮，整個人開始蠢蠢欲動；後者面色冷凝，看都沒看一眼。

護理長沒回答，反而問道：「劉醫師？你怎麼過來了？」

胸腔外科的病房不在這一樓，以前他和楚文昕交往時，偶爾會過來找她，現在顯然已經沒有過來的理由了。

「我……」劉思辰停了一下，目光在陳薇茜和楚文昕之間梭巡了幾輪，最後道：「我找楚醫師。」

楚文昕有些意外，不過也沒多說什麼。陳薇茜則表現出了很明顯的失落，整個人的氛圍幾乎肉眼可見地消沉了下來，看得楚文昕有些無語又有些好笑。

最後，楚文昕與劉思辰留下兩位護理師，一起往電梯間走去。

楚文昕對這場即將開始的談話沒什麼好預感，但也有點好奇，是什麼事情讓劉思辰擱下準女友，選擇先找前女友談。

兩人在電梯前停下，楚文昕沒有長談的打算，直接按了按鈕，然後好整以暇地轉頭看著對方，擺明讓人在電梯來之前把話說完。

劉思辰外型不錯，斯文英俊，氣質內斂沉穩，頗具成熟男人的魅力，大概也就是這種特質，吸引了當初的楚文昕與現在的陳薇茜。

他眉頭深鎖，沉思了一會兒，才終於開口：「妳不要爲難薇茜。」

楚文昕停頓了整整五秒鐘，幾乎以爲是自己聽錯了，反應過來後，倍覺荒唐，幾乎想要發笑。

陳薇茜大概天生就特別適合當電視連續劇的女主角，從剛剛那一幕看起來，楚文昕和護理長飾演的都是惡毒女配，忌妒陳薇茜的天真可愛，把人欺凌得淚光閃爍。

恰好許多男性就很吃這一套，劉思辰自詡紳士，當然應該護著楚楚可憐的小護士。

劉思辰話說得很慢，像在斟酌著字句，「我說過了，我跟她那時候都喝醉了，事後她覺得很抱歉也很後悔。是我做得不對，妳不要怪她。」

大概對一個人失望到了極致後，不再有什麼期待，便也不會感覺到受傷。楚文昕笑了一聲，連解釋都不想解釋了，只是道：「全世界大概也只有你信她說的後悔。」

劉思辰嘆息著說：「文昕，我知道妳生氣，我很抱歉，但妳得承認，原本就是我們之間先出了問題——」

一直以來，楚文昕最受不了的就是他這種語氣，他的強勢與自我中心，總是會在這樣的語氣中透露出一二。

楚文昕很難準確地描述，那就好像是前輩對後輩，或者上位者對下位者的口吻，彷彿視她爲一個不聽話的、無理取鬧的小女孩。

「你只是想跟我說這個？」她冷冷打斷劉思辰。

「不是，我……」

正好「叮」的一聲，電梯到了。

劉思辰抿起唇，「我們就不能好好談談？」

「我想你是忘了，我們已經談過了。」

楚文昕提步走進電梯，轉回身，淡淡道：「想找她就去吧，不需要拿我當擋箭牌。」

劉思辰的眼睛直直望著她，眼神很複雜，幾乎讓楚文昕一時之間有種深情的錯覺。

不知怎地，那目光刺痛了她。

終於，厚重的電梯門緩緩闔上，阻斷了彼此的視線，將曾經無比親密的二人，隔絕在相互觸碰不到的兩個世界。

第五章

大概平安夜也算是個小節日，且又逢週五下班潮，路上有點塞車，楚文昕開車抵達老家時，已經快要九點了。

楚家老宅雖說位於鄉下，但也不是什麼髒亂落後的窮鄉僻壤，只是高樓大廈或連鎖商家很少，農田很多，路也小小條的，不是很平整。

除此之外，這裡空氣比大都市清新很多，附近一帶還有湖泊與登山步道，湖水清澈可以垂釣，是個挺適合休閒放鬆的田園村莊。近幾年來，有些人家甚至開起了民宿。

因此此處的居民並不窮困，甚至許多戶都是大地主，包括楚家也有祖上留下來的土地，儘管不到非常富裕，家境一直都還算不錯。

現在即將入冬，沿途田地休耕，光禿禿又黑漆漆的。楚文昕開車駛過充滿小石頭的小徑，一路顛簸到了家門前，卻發現兩個車庫都停了車——應該是大姊一家和二姊一家的車。

楚文昕嘆了口氣，又迴轉出去，好不容易在一段距離外找到一塊空地停車，然後下車鎖門，踩著帶跟的鞋子，有點艱辛地走過這段碎石路，才終於抵達家門。

大門一開，就見客廳還挺熱鬧，招呼聲此起彼落地響起。

「文昕回來了！」

楚文昕一一點頭回應，視線略略一掃。

沙發上坐著老爸、大姊與大姊夫、二姊與二姊夫，還有弟弟楚佑廷和他傳說中的女朋友。眾人都在聊天、看電視，就老媽在餐桌那邊，收拾著一片狼藉。

「姊。」楚佑廷站了起來，向她介紹身旁的女孩：「她是蔣萍，我的……」

楚佑廷太靦腆了，支支吾吾的，最後也不好意思把那個詞說出口，反倒是蔣萍接過了話茬，笑著大大方方地說：「我們同班，我是他女朋友。您是文昕姊吧？剛剛有聽佑廷介紹過，您好。」

楚文昕覺得這對組合挺特別，楚佑廷個性害羞內向，蔣萍言行倒是十分颯爽，帶著英氣，兩人搭起來有種微妙的互補感，卻又有那麼點說不出的違和感。

楚文昕沒多說什麼，寒暄客套幾句後，便結束了交談，走往餐桌，叫了一聲：「媽。」

「回來啦。」楚媽媽溫和地笑笑，手邊收拾的動作不停，看了看她身後，又問：「劉醫師沒跟妳回來？」

楚文昕沒搭理這個話題，她看著這片殘羹剩飯，心裡就有底了，不過還是無奈地問了句：「沒留給我嗎？」

她沒有說得很大聲，然而客廳也就在後面而已，幾個人都聽見了。

忽然一陣安靜，空氣中浮現淡淡的尷尬。

楚媽媽愣了一會兒，反問：「妳還沒吃嗎？都這麼晚了，我以為妳又要吃完才回來……」

楚文昕在心裡回了一句：不是妳叫我回來吃飯的嗎？

楚佑廷也過來了，表情有些不知所措，「姊，我剛有打電話給妳，妳沒接……」

楚文昕摸出手機一看，還真有兩通未接來電，但她方才在開車，也沒辦法接聽。

她嘆了口氣，「算了，沒事，我等等再去便利商店。」

說罷她轉身就要進房間，上了一整天班又開長途車，她太累了，想先洗個澡再說。

楚媽媽卻叫住了她：「等等，妳幫我洗一下碗吧，我先削水果給他們……」

其實這也不是不能理解，家事從小就是楚家三姊妹分擔，現在大姊二姊都結婚成家了，碗——當然——得由她來洗了。

不然還有誰能洗呢？

好多年以前，大姊與二姊在念大學，楚文昕高三，楚佑廷才小學的時候，曾有一次，楚媽媽對楚佑廷循循善誘地說：「以後出社會工作不要離家太遠，爸爸媽媽會孤單，也沒人照顧。」

兩位姊姊的大學其實都離家不遠，也還挺常回來。楚佑廷當時一臉天真呆萌，不解地問：「大姊跟二姊都住得很近呀。」

「哎呀，女兒是外人呀，」楚媽媽這樣回答：「以後結婚嫁人就……」

好幾年過去，楚媽媽後半段還講了些什麼，楚文昕已經記不清了，那句「女兒是外人」卻始終記憶猶新。

後來，她在書桌前盯著那張大學志願選填單，提筆寫下了離家最遠的醫學大學。

如今，大姊二姊已經是「外人」了，小弟得「君子遠庖廚」，全世界當然只剩楚文昕能洗碗了。

她沒說什麼，回過頭來，沉默著把碗洗了。

楚佑廷倒是個開明的「現代人」，看出了楚文昕的疲倦，湊過來問：「姊，要不然我來洗？」

楚文昕都還沒說話，楚媽媽就把他從廚房推出去了，連說了三聲不用，「你去陪小萍聊天，你在這裡像什麼話。」

好不容易收拾完碗盤，楚文昕一開房門，就見單人床邊擺了幾個陌生的行李提袋。

她愣了一會兒，又回到客廳，詢問道：「我房間裡面的東西是？」

全家人都看向她，楚媽媽「啊」了一聲，「小萍今天也要過夜，妳房間給她睡吧。」

楚家原本當然不只這麼少床位，以前楚佑廷自己一間，三姊妹共用一間，有一張上下舖與一張單人床。可自從大姊與二姊嫁人，那張多餘的上下舖就扔掉了，這間臥室基本上變為楚文昕的臥室，只留下一張單人床，讓她偶爾能回家住。

大姊與二姊嫁得近，等會兒就開車回去了，沒什麼問題，意外就是，原來蔣萍打算留宿。

楚文昕沉默了片刻，問道：「那我呢？」

她的音調太平板了，楚家三姊弟都立刻察覺不對，投過來略為擔憂的目光。

但楚媽媽大概還是有點遲鈍，不夠了解自己女兒，也或許是覺得太理所當然，語氣十分平常，「等等沙發拉出來，鋪成沙發床，妳將就一下……」

楚文昕忽然覺得有點冷。她站在那裡，幾秒之間，這陣子以來的爛事一樁一樁呼嘯著湧入腦海。

她想起了站在陳薇茜身邊指責她的劉思辰，想起了柯孟仁在大庭廣眾下蓄意的羞辱與針對，想起了熟識的好病人得了癌症，想起了張家兄弟嘰嘰歪歪叫罵著說要告她。

家裡的一切種種，也許在平時不算是什麼大事，然而可能負能量累積得太高了，家庭的偏愛成爲了最後一根稻草。在這一刻，楚文昕終於被極度的委屈與倦怠徹底擊垮崩塌。

「如果……」她狠狠閉眼，聲線幾乎有些不穩，「如果我眞的那麼多餘……」

這句話猶如一個開關，將她心中隱忍多年的不平徹底揭起；如開匣的洪水，沖毀了她長久以來應當固若磐石的理智與冷靜。

她輕喘了一口氣，才能強撐著聲音不顫抖，話語夾帶著深深的挫敗與指控，卻又疲憊得氣若游絲，「……那就不要叫我回來。」

楚爸爸是位退伍軍人，他性格嚴厲，不苟言笑，不太管家裡的瑣事，平時話少，面對子女從小到大，一張口八成就是要罵人，一插手則大概就是要拿棍子打人。

他好面子，覺得楚文昕的話讓楚家在外人面前丟了臉，眉頭一皺，當即便厲聲喝道：「妳說這什麼話！」

楚文昕沒給他發作的機會，拎起皮包，扭頭就走，無視背後的一聲聲呼喚。

楚家大門被推開，而後「咣噹」一聲，狠狠甩上。

楚文昕走得很快，因爲不想有人追上來，她現在並不想和任何人交談。好在鄉間道路多半彎曲陰暗，轉過幾個彎之後，誰也不知道她往哪邊去了。

徹底把楚宅甩在遠遠的後邊，她想走去停車的位置，抬頭張望了一下，眼前卻忽然一陣發黑。

她腳下一陣踉蹌，拐了一下，伸手胡亂撐在一旁別戶人家的矮牆上，才沒跌個狗吃屎。

有那麼幾秒鐘，她還納悶自己是否眞的受到了那麼大打擊？打擊到眼前發黑？幾秒鐘後，她理智上線，想起來自己今天早餐過後到現在什麼都沒吃，應該是低血糖了。

她低著頭緩了好一會兒，才終於熬過那一陣冰冷噁心的暈眩感，額頭冷汗涔涔。

低血糖的症狀來得又急又快，有時頗危險，不過要解除也還算容易，隨便吃點什麼含糖分的東西，症狀便能立即消退。

楚文昕用龜速走回到車上，坐在駕駛座翻找著皮包，摸出一顆不知道放多久的巧克力吃了。

她額頭靠著方向盤，等著不適感消退，同時腦中閃過一個念頭：她開了一個多小時的車，就是回來幫他們洗碗。

她甚至待不到三十分鐘吧……有三十分鐘嗎？

巧克力在這時就是顆仙丹，楚文昕幾乎都能具體感覺到血糖慢慢攀升，和她方才崩潰的情緒一樣，緩緩回到了穩定值。

穩定，卻仍空虛且難受。

眼前的黑影徹底消失後，楚文昕把車子發動，無視手機的來電連連，面無表情地開上了回城市的道路。

「郵局旁的十字路口發生車禍，兩台小客車追撞，沒有人受傷……」

接近十一點左右，派出所的值班台接了一通車禍的報案電話。

在外的員警已經開著巡邏車去了，但現場人數似乎多了一點，沒辦法一台車把人統統載回來，且有一方的人喝了酒，有點不受控，員警便在對講機請求支援。

周丞弄了一天的文書，忙得腰痠背痛，路過時聽了一耳朵，馬上就說：「我去看看。」

片刻後，他騎著警用機車到了現場。

現場停著一輛警車，已經在事發地一段距離外放了警示牌。

出事的兩輛小客車就在前方，一黑一白，倒也不算毀損得太嚴重，黑色的小客車單邊車頭凹進去一角，引擎蓋有些翹起；白色的小客車則是車尾被追撞，後方的大燈碎了。

黑車旁站著三名中年男人，在那邊罵罵咧咧的，說話很大聲，有幾個走路還有些踉蹌歪扭，大概也不需要靠酒測器了，一目瞭然就是一群醉漢。他們似乎在衝著白車那邊叫囂。

從身形看起來，白車車主應該是個女的。

一名員警攔著這三個醉漢，另一名員警在不遠處拍照，然後拿筆快速記錄著現場狀況。

紀錄的警員見周丞出現，喊了一聲：「所長。」

「酒測吹了嗎？」

警員用下巴點了點黑車那邊，「那三個拒吹。」

「還在畫現場圖？」

警員在紙上快速加了幾筆，然後收了起來，「好了。」

周丞點點頭，「先押上車吧，速度。」

該名警員跑著過去了，周丞不急不緩地跟在後頭，靠近了才聽清楚這三個傢伙在嚷嚷些什麼。

「擋什麼路啊！會不會開車啊！」

「媽的，擺什麼臉色……」

他們一邊鬧，一邊不停簇擁著要往白車那邊逼近，一直被警員從中擋下。周丞望著兩名員警合力，終於把這三位醉漢一個個塞進了警車，然後才轉頭看向白車車主……看過去就是一愣。

「楚醫師？」

楚文昕靜靜靠在她的車旁，不知道是不是燈光太暗造成的錯覺，整個人散發著疲憊到近乎麻木的氣息。她抱胸站著，看著比以往都還要冷漠。

她聞聲後抬眼望來，顯然也沒料到會在這裡與周丞相遇，一時怔住了。

當初說好電話連絡，但這一兩個禮拜以來，楚文昕卻是音訊全無，她突然就有一種欺騙人感情的微妙感覺，莫名有些尷尬。

然而周丞好像心中未有任何芥蒂，皺著眉頭走近，率先打破了沉默。

「妳還好嗎？」雖說方才警員已經匯報過，他還是忍不住又確認了一次，「沒有受傷吧？」

他朝楚文昕端詳了一會兒，確認眞的沒有大礙後，不甚明顯地鬆了一口氣。

楚文昕看著周丞的反應，一時有些說不清自己是什麼感受，她張口回答，聲音有點沙啞：「沒有。」

這個平安夜，她一點也不平安。

當楚文昕覺得這一整天眞是糟透了，已經不能更糟了，然後忽然「砰」的一聲，還能再從天而降一場莫名其妙的車禍。

一位警員在警車邊喊道：「所長，那我們先回派出所了。」

聞言，楚文昕與周丞同時望過去。

警員警車的後座已經滿載，隱約傳出幾個醉漢的罵聲。

「馬路三寶知道嗎？說的就是妳，女人、老人、老女人——」

接著是一串令人反感的、含渾的嘻笑聲。

周丞沒仔細聽，朝那邊點頭交代了幾句話後，兩名警員開車載人走了。

然後他又轉回來望向楚文昕的車，開是還能開，但車尾燈壞了，有點危險，且車後保險桿看起來也搖搖欲墜。

想到方才在員警抵達以前，楚文昕是一個女生對上三個拉拉扯扯的醉漢，周丞心理便覺得不太舒服，一邊檢查一邊說：「這麼晚了，妳一個女孩子怎麼還在外面亂跑？」

他看完一圈，又道：「車還是拖吊去維修，我載妳回派出所，做個紀錄就……」一轉頭，突然啞口無言。

楚文昕哭了。

她唇角緊抿，神情有些倔強，沒有抽咽、沒有出聲，就是眼淚一直掉。

如果不仔細看，甚至根本不會發現她在落淚。

周丞忽然就慌了，手忙腳亂道：「怎麼了？哪邊痛嗎？」

楚文昕搖頭不語，伸手抹淚，卻仍止不住眼眶酸意。

她曉得周丞是出自於關心，但那句「妳一個女孩子」就是恰好戳中了某個點，讓她頓時就受不了了。

女孩子錯了嗎？生爲女孩子，是她願意的嗎？

她別開臉，不願意看周丞。

她太好強了，強硬慣了，眼淚流下來的第一時間想的不是「我好難受」，而是「太丟人了」。

周丞當然不曉得楚文昕這一天的爛帳，只能猜測她是因爲車禍或者醉漢受到了驚嚇。見人止不住眼淚，他試探性地伸手碰了碰她的肩膀，沒有遭到推拒或閃避，便動作輕柔地、緩慢地把對方擁入了懷裡。

「別哭了。」

楚文昕整個人被周丞的氣息包圍，明明是個小她好幾歲的弟弟，胸膛與臂膀卻那麼高大寬闊，能將她整個人困在懷裡。

眼淚像是蓄意與周丞的話唱反調，那一句「別哭了」反倒激起了委屈，楚文昕的臉埋在周丞胸口，終於再也憋不住聲音，失聲痛哭。

一隻溫暖的大手一下下拍著她的後背，周丞低沉的嗓音在寂靜的夜色中響起，顯得格外可靠而溫柔，令人忍不住想要依賴，「不哭了，好了好了，沒事了……」

楚文昕最後坐上了周丞的警用機車，去了一趟派出所。

整件事情很單純，監視器也拍得清清楚楚，白車在等紅燈時，被後方的黑車蛇行追撞。

楚文昕沒什麼責任，做個紀錄就行了，倒是那三個酒駕又拒絕酒測的男人，等酒醒後就知道麻煩大了。

楚文昕坐在派出所的椅子上，望著周丞在一邊與警員交代事情。

因爲外出的關係，他深藍色的制服外還穿著反光背心，腰間繫著一條黑色的勤務腰帶，上面帶有許多配件，最明顯的是一把黑漆漆的槍，扣在槍套裡面。

雖然早知道周丞是警察，楚文昕卻一直沒有太大的實感，這會兒頭一次見到周丞工作的模樣——一名冷靜沉著的警官——竟忽然覺得有種距離感。

「楚醫師，」周丞講完話，朝楚文昕走了過來，「妳住附近吧，我送妳回去？」

楚文昕剛剛才在此人面前哭過。自記事以來，她哭的次數一隻手就可以數得過來，因此現在還處在嚴重的自我尷尬當中，只想趕快逃離，遂一邊站起來一邊道：「不用，我……」

這一下大概起身得太快了，她眼前又是一陣漆黑席捲，踉蹌了兩步。

周丞眼明手快地捉住她手臂，扶住了她，皺眉問：「怎麼了？」

楚文昕站了幾秒鐘，緩過來後，抽回手，「……沒事。」

「眞的不用去醫院看看？」

楚文昕察覺他語氣中隱含的憂心，沉默了一會兒，終於幽幽道：「我從早餐到現在都沒吃東西，快餓死了。」

青湖公園旁，一間二十四小時營業的早點店，楚文昕與周丞對桌而坐。

「你……下班了？」

蛋餅與豆漿端上桌的時候，楚文昕都還有點搞不清楚，事情怎麼就發展成這樣。

周丞已經換下了制服，彎了彎嘴角，「其實早就下班了。」

所長的班表十分神祕，理論上不需要與基層員警一起大輪番，可以正常上下班，但採責任制，一有什麼緊急情況，接到電話隨時得出動，等於無時無刻都是待命狀態。有時候事情一多，許多所長就把派出所當自己家了，即便下班，也不見得會馬上走。

脫下制服，周丞便又是那個清爽開朗的鄰家弟弟，與楚文昕邊吃消夜邊輕鬆地閒聊，絕口不提她落淚的事情。

聊過幾輪後，楚文昕也漸漸放開了點。

「楚醫師說話不算話啊，我等妳電話等到花兒都謝了。」周丞一邊喝豆漿，一邊故作委屈地譴責：「怎麼可以欺騙警察呢？」

直接把話敞開來說，這事似乎也沒多尷尬。

楚文昕跟著不要臉，耍賴道：「我只說病歷上有你的手機號碼，又沒說會打給你。」

這邏輯好像沒有漏洞？周警官再度落敗。

楚文昕望著他吃鱉的表情，一邊吃蛋餅一邊笑了起來。

可能是周丞這人太逗了，也可能是血糖終於回升的關係，楚文昕的心情終於稍稍明朗了一點。

見她笑了，周丞也就放心了，轉而又聊起別的：「今天是平安夜呢，楚醫師有去哪裡玩嗎？」

「沒有，回老家一趟而已。」

「河西那邊不是有平安夜燈會？今年聽說辦得特別盛大，沒去看看？」

「那是年輕人去的吧……」

「河」指的是扶桑河，斜斜貫穿了整座城市，最後匯入青湖之中，河西則是更上游處河流西邊的一塊空地，大型市府活動經常在那裡舉辦。

從市中心開車過去也要十幾二十分鐘，加上有活動時必定塞車，來回一個小時肯定跑不掉，光用想的就累了，就算楚文昕不回老家，也不會去那裡人擠人。

「妳也很年輕啊。」周丞歪著頭，似乎不太同意她這句話，他看了下手錶，又笑咪咪地問：「要不我們現在去？」

「現在？還沒結束嗎？」

「燈飾會擺到天亮才收起來。」

楚文昕有些遲疑。她素來是一個高度自律、循規蹈矩的人，不喜歡任何計畫之外的行程，這種「夜衝」行爲還眞不是她的風格。

除此之外更重要的是，在車禍現場的那個擁抱過後，兩人之間的氛圍無疑變得有些微妙。

或許是今天的她心理實在太過脆弱，也或許是肢體碰觸總是有其力量，楚文昕已經感覺到有什麼不受控的、無形的枝枒，正在他們之間靜悄悄地滋長。

同意這樣的深夜邀約，等於同意讓這段關係繼續「更進一步」。

更進一步……楚文昕心緒有些煩亂，也有些退縮，不確定那是不是她現在真的想要的。

猶豫了片刻，她最終緩緩道：「……算了吧，好晚了。」

周丞「唔」了一聲，倒也沒有多勸什麼。

這間店採開放式格局，座位全在店外，抬頭眼前就正對著公園的湖泊。白天青藍色的湖水此時是幽深的黑色，水面反射著灑落的月光，波光粼粼，顯得靜謐而安寧。

餐點吃完後，周丞提議到湖邊走走，楚文昕便跟著他去了，沿著微彎的湖邊走了一段後，踏上一座小橋，來到一座湖中的涼亭。

涼亭建在水上，底下打著燈光，將湖水點亮成一種剔透的藍色。涼亭就像懸浮在這片氤氳之中，伴著夜風與晚間的蟲鳴，頗有意境。

楚文昕在涼亭轉了一圈，身後的周丞忽然開口：「看那邊。」

一雙手從背後搭上了她的肩膀，把楚文昕轉了個方向。

她還沒來得及開口問，就見一發煙火從湖泊對岸燃放，「砰」的一聲炸開成紅色的流星，四散開來緩緩落下。

而後是第二發、第三發……數不盡的煙火接連高升，在黑色的夜幕上綻放出一朵朵鮮豔絢爛的火花，炸亮了漆黑的天空，也炸響了這個寂靜的夜晚。

楚文昕一時幾乎無法移開目光，燦亮虹光映入眼底，好似一併點亮了她暗沉寡歡的世界。

這場十二點整的煙火秀持續了約莫半分鐘，花火止歇後，楚文昕怔怔回頭，對上了周丞帶著笑意的雙眼。

「楚醫師，」他嘴角含笑，「聖誕快樂啊。」

楚文昕覺得，自己的確是、肯定是老了，否則就這種套路，怎會這麼令她無法抵擋？

她在夜色中回望著周丞，心頭微動。

從這個人身上，她好像得到了一點向前走的勇氣和動力。她忽然就不是那麼想打道回府了，忽然就很想做些衝動的、以前從來不會想做的事情。

於是她沉默了一會兒，開口問道：「你剛剛說……燈會是到天亮，對嗎？」

第六章

因爲時間已晚，加上他們不是開車，而是騎著周丞的重型機車，交通時間倒沒有楚文昕想像得久。他們沿著河岸騎了十分鐘左右，便在河西廣場旁停了下來。

也許是在急診看過太多騎車車禍的臭屁孩子，楚文昕從來不覺得重型機車有什麼帥氣的點，但現在看著周丞下了機車，黑色靴子一踩，俐落地將中柱立起——其實這也不是什麼特別的動作，卻被帥了一臉。

楚文昕默默心想：好吧，其實不是車的問題，帥不帥還是得看臉。

廣場裡的燈飾確實還亮著，不過已經沒什麼遊客，畢竟時間太晚了，只剩下零星幾對年輕情侶穿梭其中。

楚文昕與周丞在廣場上慢悠悠地走著，欣賞了形形色色的燈飾，逛了一會兒後，兩人又走出廣場，踏上了河邊的步道。

左手邊的路樹上有鵝黃色的燈盞垂墜下來，宛若發光的楊柳，綿延了一整排步道；右手邊是河岸，傳來陣陣溪水潺潺。

他們一邊散步一邊閒聊，走了一小段路後，步道岔出一道通往河岸的階梯，周丞領著楚文昕走了下去。

因爲太暗了，方才沒能看清，此刻走近了才發現，原來河岸邊種滿了整片的扶桑花，花海規模龐大，鋪滿了河畔，一眼望不到盡頭。

「扶桑花全年都是花期，但盛開在秋天。」周丞帶她到一塊空地，在草地上席地而坐，看了看仍然繁茂的花朵，「現在也不算太晚。」

這個地方風景很好，面前是倒映著月光的清淺溪流，左右都是花叢，數以百計的火紅色大花交錯綻放，中間穿插著地燈點綴，看起來特別浪漫。

楚文昕在周丞身旁坐下，「怪不得這條河叫這個名字。」

「一開始花也沒那麼多，是市府爲了觀光噱頭，每年都讓人來種一大片，白天很多人會來這裡野餐。」

「你好像哪裡都很熟？」

就像方才，知道整點時有煙火秀，也知道從哪邊看過去視野最好。

周丞理所當然道：「這是我的勤區啊。」

「哦。」楚文昕笑了一下，「我以爲是你對各種撩妹地點都瞭若指掌呢。」

周丞「咦」了一聲，轉過頭來笑咪咪地看她，「那姊姊妳被撩到了嗎？」

這人連個稱呼都叫得很多樣，一下子喊楚醫師，一下子喊姊姊。

「……是滿漂亮的。」楚文昕笑著嘆了口氣，沒有否認，「你知道扶桑花的花語嗎？」

周丞對此倒沒有研究，搖了搖頭，楚文昕卻也沒說下去，只是笑而不語。

她對花很有興趣，大概也和出身質樸鄉村有關，喜歡親近這些自然景物、花鳥山水。她的眼神流連於花朵之間，手指在豔紅色的花瓣上拈了一下，唇角微彎。

周丞望著她，視線在她眼角的淚痣上逗留了一會兒，「我只是覺得妳心情不太好，覺得可以帶妳來走走。」

楚文昕回過頭來，「那眞是謝謝了。」

周丞姿態率性地向後一躺，雙手疊在腦後，打了個哈欠，「警察就得解決民眾的煩憂嘛。」

「睏了？」

「沒有，」周丞立刻否認，歪著頭看她，「我等著聽妳說心事呢。」

楚文昕望著他面上隱約的疲態，倒也沒有戳破，跟著在他身旁躺下來，望著夜幕中的繁星點點，「也沒什麼特別的事情，就是……剛好什麼都不太順而已。」

周丞「啊」了一聲，點點頭，「我懂，人生總有那麼一段時候，爛事會連著來。」

一般人聽到這話，很自然就會接一句「你也是嗎」，楚文昕卻想起了葉至良和邱以軒的事情，遂剎住了，轉而聊起最近上班時遭遇的種種，例如機車的老闆、不講理的病人，或者兩光小護士等等。

禮尚往來，周丞也提了一兩樁警界讓人有些微詞的事件，以及一些不好應付的「刁民」。

他們就躺在那裡，你一句我一句地把許多上班的鳥事拿出來聊，那些煩憂隨著話語說出口，好像莫名其妙便漸漸消散在這片星空之下。

後來，也不知是誰先睡著的——兩個工作都忙得要命的社會人士，上了一週的班，其實彼此都透支了，只不過誰也沒有先說出口，只是那樣自然而然、幕天席地地在星空下墜入夢鄉。

伴著溫和微涼的晚風，與輕柔如歌的流水聲，他們在這片豔紅如火的花海中緊靠著彼此，並肩陷入安眠。

這陣子以來，沒能在任何人身上尋得「平安」的楚文昕，終於在這位其實也認識不久的鄰家弟弟身上，找到了平靜與安定。

那天晚上，她的夢中有一整片的扶桑花。

一大清早，他們是被太陽曬醒的。

醒來時，兩人都頗覺荒唐，無言了好幾秒鐘，腰痠背痛地坐在草地上對望一眼，看見彼此亂糟糟且沾了草枝的頭髮，忍不住噗嗤笑了出來。

今天是週六，他們都正好休假，但也沒打算再去其他地方了，露宿野外好幾小時，現在兩人身上盡是草屑與晨間的露水，狼狽得要命，只想回家洗漱。

楚文昕起身時晃了一下。

周丞以爲她一時沒站穩，扶了她一把，眼睛往下一掃，卻看見對方一邊的腳踝腫得跟饅頭一樣。

「怎麼回事？」周丞立刻蹙起眉頭，在她面前蹲了下來，「腳扭到了？什麼時候扭的？」

其實是在老家那邊，低血糖發作時拐到的那一下。她以爲沒什麼大礙，便也沒放在心上，哪知道昨天跟著周丞到處走，後面就越來越疼了。

楚文昕不習慣被人關心，下意識想退後一步，腳踝卻被周丞的大手握著，沒法移動。

「呃，昨晚……」

「散步的時候？還是車禍的時候？」周丞的聲音從下方傳上來，沒了慣有的笑意，彷彿帶著一點擔憂與譴責，「怎麼不說？」

「在那之前就扭了。」楚文昕有點不自在地解釋：「我以爲不嚴重。」

也就是說，她在扭到腳的情況下，發生了車禍、去了派出所，然後又和周丞到處散步。

周丞總算見識到，這人逞強起來到底有多彈了。

後來，周丞無視楚文昕的推拒，不容置喙地背著她走了回程，再把人放在機車邊坐著，自己去附近的便利商店買了藥又走回來。

楚文昕坐靠在機車邊，垂頭望著周丞蹲在面前給她腳踝噴藥。

藥物冰冰涼涼的，緩解了那一點腫痛。

「以後別這樣了。」周丞眉頭還是皺著，一邊揉按著把藥推開，一邊說：「疼就告訴我。」

楚文昕看著他，一時說不出話來。

家裡人就不用說了，偏心的母親與嚴厲的父親，才不會在意她哪裡磕到傷到了。即便是交往多年的劉思辰，他們的對話也多半平淡理智、客套疏離，從沒有一個人會和她說「疼就告訴我」。

上完藥後，周丞騎著車將楚文昕載回了住處。她就住在醫院附近一棟十層樓高的建築，那整棟都是他們醫院的員工宿舍。

楚文昕在大門外下了車，周丞叮囑道：「快去休息吧，這幾天就別亂跑了。」

這下反倒周丞像是醫生，而楚文昕是病人了。

周丞大概也察覺了這點，覺得有點好笑，也不再叨念了，轉而說：「下次再帶妳去別的地方，也很舒壓。」

楚文昕笑了笑，大大方方道：「好。」

聽見楚文昕給出肯定的答覆，周丞眼睛一亮，隨即又想到了什麼，露出警醒的表情，「不對，楚醫師有前科，可能又在哄騙我……」

這人還眞記仇，楚文昕失笑，從皮包中摸出了手機，低頭按了幾下。

周丞看著她動作，以爲楚文昕終於要把他的號碼存起來，沒想到口袋裡的手機就在這時響了起來。

周丞一怔，拿出手機一看，來電的是一組陌生號碼。

他看了看楚文昕，將電話接起。

「周警官，」楚文昕含著笑意的聲音同時在話筒內外響起，「你這是誣陷啊。」

周丞愣神片刻，跟著笑了。

他的笑容似乎比清晨的陽光都還要溫暖燦爛，幾乎讓楚文昕看得晃眼。

一直到他跨上機車，騎著遠去，那笑容都猶如視覺暫留一般，烙印在楚文昕的眼底，揮之不去。

楚文昕拿出醫院的員工識別證，在宿舍大門邊的感應器上刷了一下，而後大門打開，就見交誼廳的沙發上坐著一個男人——是劉思辰。

楚文昕愣住了，「你怎麼在這裡？」

劉思辰皺著眉頭，氣色看起來很差，比野外露宿一夜的楚文昕都還要差。他起身走過來，在她面前站定，仔細端詳了她一會兒，「我來找妳。」

現在不過早上六點多而已，劉思辰並不住在這裡。會住員工宿舍的，多半是還沒有多少積蓄的年輕醫師。楚文昕完全沒法理解，他是大清早跑來這裡等，抑或者是在這邊坐了一夜……感覺更像是後者。

「妳媽媽昨晚打電話給我，說連繫不上妳。我也打給妳好幾通，但妳都沒有接，我以爲……」也許是看出了楚文昕眼中的震驚，劉思辰解釋道：「我們擔心妳是不是出了什麼事。」

楚文昕反應過來了。大概因爲他們都知道她不是會故意失聯、又徹夜未歸的放縱性格，一晚上過去，大家都漸漸有些緊張了，畢竟她昨天離開時，情緒並不是太好。

「我手機關了靜音，沒聽見。」楚文昕笑了笑，「抱歉，還沒跟我媽說我們分手的事情。打攪你了，我等等就告訴她。」

劉思辰的眉頭仍然皺著，看起來像是不太贊同，或者不太高興，「所以妳一整夜都在外面？妳去哪裡了？」

楚文昕面上笑容淡去了幾分，「我想，這些事情現在和你沒有關係了吧？」

劉思辰終究也是了解她的，知道楚文昕這個態度便是有些不悅了。其實他也曉得，楚文昕素來如此，她不喜歡被管，不喜歡被人說教，更不喜歡被人指手畫腳地說「應該」要如何如何。

若在以前，如果劉思辰還不打住，接下來就是要吵架的節奏了。

劉思辰沉默了一會兒，吐出一口氣，緩和了語氣，「……文昕，我們談談，好嗎？」

又要談談，楚文昕十分納悶，他們到底還能談什麼？

劉思辰以前不是沒去過她宿舍的房間，然而現在狀況不一樣了，她一點都沒有請人上去坐坐的意思，又因爲腳踝受了傷，方才才承諾過周丞不會亂跑，所以也不想跟人去咖啡廳之類的地方。

於是她直接在交誼廳的沙發上坐下，乾脆道：「好，談吧，到底要談什麼？」

交誼廳是開放式的，不過因爲時間還早，所以倒也沒什麼人經過，挺安靜的。

劉思辰猶豫片刻，在她對桌坐下了，遲疑地問：「文昕，妳……還在生氣嗎？」

楚文昕腦門上緩緩浮現一個問號，完全不懂劉思辰到底爲何一直糾結她是否生氣，難道他還希望她帶著笑容，誠摯地祝福他和陳薇茜幸福美滿嗎？去他的吧。

不等楚文昕吐槽，劉思辰又叨叨絮絮地說了下去：「我做了錯事，我是眞的很抱歉，但妳總得聽聽我的原因，那一天是因爲……我心情不好，喝得太醉了……」

楚文昕終於後知後覺地發現這個走向不對，「我們都分手了，這很重要嗎？」

「分手是妳提的，我沒想分手！」劉思辰的臉因爲激動而有些脹紅，低吼道：「那時候妳提完就走，我沒有……我沒有同意！」

楚文昕愣了愣，皺起眉頭，「那陳薇茜呢？」

「都跟妳說了是一場意外，我們都醉了……我對她也很抱歉，也和她談過。她親口說了沒關係，她不在意……總之，妳別遷怒她，其實我跟她又沒有多熟。」劉思辰用手扯了把頭髮，看起來很煩躁，「文昕，我眞的很抱歉、很後悔。我知道自己沒資格求妳原諒，可我們交往了那麼久，妳……妳就不能……」

楚文昕啞口無言了好一陣子，原來目前爲止，都仍是陳薇茜的一廂情願而已。

陳薇茜所謂的「沒關係」，和劉思辰以爲的根本不是同一個意思。

在劉思辰的眼中，一切不過是酒精促使、意亂情迷之下的錯誤。

想起那位天眞爛漫、交付出身心的小護士，楚文昕忽然都有些同情她了。

但……那又如何？正如劉思辰先前所說，就算沒有陳薇茜，他們之間確實出了問題，不是成天因爲價値觀不合而爭吵，就是乾脆冷戰到像陌生人。

兩人之間的感情早就一年年被磨得沒了，拖宕到最後再回頭去看，這一段關係給彼此帶來的竟只剩下心累。

於是她沉默片刻後，平靜地開口：「不能。」

見劉思辰面上的焦躁轉爲沮喪，她繼續淡淡道：「思辰，不管有什麼理由，你和陳薇茜的事情，對我來說始終帶來了一道裂痕，我沒有自信能夠忽視或者修補。而且，即便我們不提陳薇茜……」

楚文昕看著劉思辰逐漸蒼白的臉色，用十分理智的口吻說了下去：「這陣子我也想過，你我之間的這段關係，已經讓我覺得……不值得了。」

「……不値得。」劉思辰聽罷，喃喃重複道。他沉默了良久，半晌後，嘴角露出一抹苦笑，「妳總是這樣，計算、分辨得那麼清清楚楚。文昕，其實我一直都很納悶，妳眞的愛過我嗎？」

楚文昕微微怔住了，一時竟無言以對。

「那時候也是，我以爲妳至少會和我吵，會問我爲什麼，可妳沒有，妳張口直接就提了分手。」劉思辰緩緩說道：「我眞的很抱歉，雖然我知道這已經不能改變什麼，但我還是想解釋，那一天是我們交往的紀念日，妳又忘了，放了我鴿子。我心情不好，喝得多了，後來……才和薇茜發生那種事情。」

楚文昕輕輕「啊」了一聲，「紀念日啊……」

劉思辰慘然一笑，「我知道，妳總是不記得，妳從來都不會記得。」

楚文昕不說話了，她看著劉思辰站了起來，臨走之前最後說道：「也許妳……就是這樣的人。在感情裡，妳永遠冷靜理智、高高在上……捂也捂不熱。」

楚文昕後來沒回電給老媽，不過聯絡了大姊與二姊，倒也沒說什麼，就報了個平安，反而兩位姊姊都開導了她一下。

大姊說：「雖然爸媽嘴巴上那樣說，其實還是擔心妳的。他們就是思想古板了一點，沒什麼惡意。」

二姊說：「我知道妳的感覺，我以前也一天到晚不高興，覺得他們偏心，甚至還想長大之後要狠狠報復他們。現在眞的長大了，看到他們頭上都長了白髮，哪裡還有那麼多怨氣？只覺得他們都老了。」

這些道理楚文昕其實都懂，「我知道。我就是心情太差了，一時沒忍住，下次不會了，再幫我跟媽說一聲。」

並不是「可以理解」，而是「可以忍」。

明明該是最親的親人，卻相處成這副情感淡薄、相互容忍的模樣，也真讓人心累。

楚文昕嘆了口氣，又說：「順便告訴她，我跟劉思辰已經分手了，讓她別再去打攪人了。」

想起劉思辰，楚文昕唇角微抿。

那場談話過後，一連幾天她的心情都有些低靡。她本來認爲這段感情已經結束了，事情已經蓋棺定論，然而劉思辰臨別前說的那些話，讓她又有些不知道該如何評價這一切。

她對劉思辰的情感，或許的確說不上是多麼炙熱激烈的愛意，可在交往的那些日子裡，她也確實是想與這個人好好地、認眞地過下去。

她理智又忙碌，不愛記那些瑣事或紀念日，劉思辰因此而覺得她好像什麼都不在意。但即使她面上表現得平靜，實際上，無論是劉思辰先前的出軌，又或者是他最後直接否定楚文昕所付出的感情，都確實讓她感到扎心。

只是她從不會將難受說出口，因此也不會有人知道罷了。

「姊姊，妳今天放假嗎？」

一週過去，又逢週末，她的手機叮咚一聲，收到了來自周丞的訊息。

兩人在通訊軟體加爲好友後，偶爾會用訊息聊天。

楚文昕簡短回覆，「嗯。」

可能是受到劉思辰話語的影響，她看了看，覺得一個字好像太過冷漠，又補上了「對呀」跟「你呢」，然後還發了一個小貓好奇探頭的貼圖。

周丞一時沒有再回覆。

冷酷的楚大醫師開始思考，自己是不是畫風轉變的太清奇，周丞一通電話就打了過來。

楚文昕接起來：「怎麼了？」

電話那頭，周丞「唔」了一聲：「沒有，我就確認下是不是妳本人。」

楚文昕沒好氣道：「是我！」

周丞笑了一陣，又問她：「妳在家裡？放假沒出去玩？」

即便放假，楚文昕依然有很多瑣事要忙，此時她正坐在房間裡的書桌前，用筆電檢查著自己剛完成的論文，伸了個懶腰，「沒有。」

兩人有一句沒一句地聊著天，他們這幾天都是訊息交流，今天是第一次通電話。不過周丞陽光又健談，對話也不至於冷場或顯得生疏。

幾句以後，周丞忽然問：「姊姊，妳還好嗎？」

楚文昕愣了下，「還好，怎麼了？」

「沒有，就是覺得妳聲音聽起來……好像有點沒精神。」

楚文昕一時感到有些新鮮而神奇，原來有些情緒她不說出口，還是有人能夠察覺到。

「沒什麼，」楚文昕的唇角彎起一抹微笑，「大概是做報告做得有點累了。」

「報告啊，」周丞沒再細究，順著說道：「假日還是要休息放鬆一下吧，妳今天沒有其他計畫嗎？」

「暫時沒有。」

話題說到這裡，楚文昕以爲周丞再來大概會試探性地發出邀約，問她要不要和他出門……未料這人更絕，並沒有按照規矩來。

就聽他忽然說：「那妳看一下窗外啊。」

楚文昕一怔，拉開窗簾往下一看，就見陽光普照的外頭，周丞站在宿舍大門外的路邊，抬頭衝著她笑。

楚文昕唰地又把窗簾拉上了，然後開始光速化妝與換衣服。

重型機車在馬路上奔馳。

「你就不能提前打聲招呼？」楚文昕坐在機車後座，沒好氣地說道。

颼颼風聲中，周丞帶著笑意的聲音從前面傳來，「這樣不是很有驚喜感嗎？」

楚文昕幽幽道：「是，我眞是驚喜死了。」

方才她在十五分鐘內換下睡衣、上妝、吹整頭髮，簡直比爆滿的門診都還要讓人手忙腳亂。

大概可以想見楚文昕剛剛的兵荒馬亂，周丞笑了一陣，然後解釋道：「抱歉，我剛下班，就想說順路過來看看妳在不在。」

楚文昕愣了愣，「這時間下班？」

現在是週日下午三點左右，周丞的班表還眞難以預測。

機車在他們的閒聊間筆直前行，周丞賣了個關子，沒說出目的地。

二十分鐘後，周遭漸漸變得空曠，他們離開了鬧區，最後在郊外一家店門口停下——竟然是一間靶場。

周丞把車停下，一邊說：「發洩心情的好去處。」

楚文昕聽過一些朋友在閒暇時間偶爾會去玩漆彈，卻沒聽誰說拿眞槍打靶。

她站在一旁，聽著周丞與老闆對話、選槍。

這裡的老闆是一位五六十歲的老伯，與周丞大概是舊識，知道他是警察，對他很放心，沒有要全程指導的意思，幫忙拿了裝備，解說了一些注意事項後就到一旁坐著了。

實彈射擊在現在大概還不是一項熱門的活動，儘管靶場很寬廣，卻沒什麼訪客，挺安靜的。

他們去了射擊位置，木桌上擺著兩把手槍，一盒子彈，還有耳罩與護目鏡。周丞把兩把槍拿起來檢查了一輪，楚文昕也看不懂在檢查什麼。總之確認沒什麼問題後，周丞把其中一把槍遞給了她。

楚文昕感覺很新鮮，一邊端詳，一邊好奇地問：「這和你們警察用的槍是一樣的嗎？」

「型號不同，不過用法大致上差不多。」

周丞把槍拿在手上，姿態看起來無比嫻熟，示範動作讓楚文昕跟著他做。

「左右那兩點是罩門，中間的是準心，有看見嗎？」

「有。」

「瞄準時，罩門與準心切齊，別看目標，看著準心……」

講解了一些基本用法之後，周丞又帶著她給彈匣一顆顆裝上了子彈，而後手槍上了彈匣，正式對向靶紙。

「槍口不要對人，還沒要射擊的話，手指別伸進護弓。」

周丞站在楚文昕的身後，一邊調整她的姿勢，一邊說：「滑套後拉、放掉……會有後座力，右手握緊，左手扶穩。」

第一發子彈射出時，槍聲巨響如雷貫耳，饒是戴著耳罩，仍令楚文昕懵了一下，轉頭對周丞驚笑道：「我不知道這麼大聲。」

而後她繼續瞄準，準備擊發第二下。

周丞靠在木桌邊，含笑看著她專注且興致勃勃地打靶。

他不曉得楚文昕對此有沒有興趣，本來還有些擔心，現在放心了，看起來玩得挺高興。

楚文昕人生中的第一張靶紙看起來有點寒磣，分散到不行，而且數來數去都只有九個彈孔，一發子彈不知道射去哪邊了。

周丞一本正經地胡謅：「可能是妳瞄得太準了，完美射進了同一個點。」

……你敢說我都不敢信呢。楚文昕心想。

楚大醫師就是個好強的性子，越有挑戰就越想做好，接著打掉了第二個彈匣，看起來是比第一張靶紙的成績要好上一點點……眞的就一點點。

「我覺得不是很順手。」她皺眉望向周丞，「能用左手嗎？」

手槍是左右手通用，周丞點了點頭，起初以爲她只是換著好玩，未料第三張靶紙的成績突飛猛進，放在警察的定期鑑測中，已經到達合格分數了。

「妳是左撇子？」周丞很驚訝，然後回憶了下，「不對，妳用右手寫字呀。」

方才有工作人員端來水果與飲料，他們便坐在木桌旁稍作休息。

「是左撇子沒錯，不過小時候被家人打到改過來了。」楚文昕笑了笑，解釋道：「現在還挺奇怪的，寫字用右手，但用剪刀、吹風機什麼的，卻是左手比較順……」

他們就著這個話題聊了起來。

楚文昕從小就很倔，強逼她改，她就越不願意。那時她似乎才念幼稚園而已吧，幾乎天天挨打，有回楚爸爸打得狠了，竟把一根棍子打斷了，尖銳參差的竹枝劃傷了她的左手小臂。

那一次，她很難得地哭了。

她不怕疼，所以不是疼哭的，就是很委屈，不理解爲什麼明明是親人，卻非得要這樣傷害、逼迫自己。

大概是因爲見了血，楚媽媽終於心疼了，抱著她安慰，「等妳長大就知道了，爸爸媽媽是爲了妳好，爸爸媽媽都是愛妳的……」

當時，小楚文昕耳邊聽著口口聲聲的「愛」，眼前看見的是折斷的棍子，感受到的是流血手臂傳來的陣陣刺痛。

現在想來，她與父母之間的隔閡，可能老早就種下了。而她對於「愛情」與

「親密關係」的保留態度，也許亦是自此而起。

那些以愛為名的東西，帶來的往往是傷害，她因此漸漸地學會了武裝自己，保護自己。

周丞不解地問：「為什麼要改，不是都說左撇子比較聰明？」

楚文昕也不清楚老一輩人的腦中到底都在想些什麼，思考了好一會兒，終於依稀記起了某種說法。

「好像有什麼迷信……說左撇子沒教養？女孩是左撇子，長大會沒人要？」見周丞似乎被這個古早味的傳說驚到了，楚文昕笑了笑，「我父母就是那樣，深怕孩子和其他人『不一樣』。」

也許就是這種專制的教育太過頭，矯枉過正了，讓她如今變成了這樣——自律、冷漠、要強，既無趣又不可愛。

意識到這個話題並不愉快，楚文昕吃了片水果，打趣地說：「結果我也沒往他們希望的方向長，不顧家也不賢慧，又凶又不會撒嬌，他們應該頭痛死了。」

周丞卻沒有被她逗笑，好像挺嚴肅地看待這個話題。他能感覺到，即便楚文昕如今說得輕描淡寫，這些事情勢必在她的心上留下了痕跡。

「姊姊，在我面前，妳可以做妳自己。」他手肘撐在膝上，雙眼望著她，語氣認真，「我就喜歡妳原原本本的樣子。」

楚文昕愣住了，手上的牙籤還戳著一片水梨，半晌說不出話來。

「小周，你今天不打啊？」

一道爽朗的聲音打破了這微妙的氛圍，就見老闆朝他們走了過來，大概是遠遠看著他們，自己也技癢了，「走啊，來比一比。」

聞言，周丞起身跟著去了。

楚文昕坐在原處，望著周丞戴上護目鏡與耳罩，嫻熟地裝子彈、上彈匣，然後一雙長腿站開，雙臂伸直，動作漂亮標準地微微斂眸瞄準。

他今天的衣著依然率性簡單，軍綠色的迷彩長褲，配上一件合身的黑色上衣，站在靶場上特別合適相襯。

護目鏡下的那一雙眼睛沉著銳利，而後扳機扣動，「砰」的一聲炸響，依然那麼震耳欲聾。

楚文昕心口發燙，凝望著周丞，總感覺子彈不是打在靶心上，倒像是狠狠地命中了她，而且是正中紅心。

她心想：我完了。

兩人在靶場待了挺久，參觀了各式各樣的槍械，除了各種型號的手槍之外，亦有空氣槍、長槍、散彈槍等等，種類繁多，看得楚文昕開了眼界。

他們離開時已經差不多天黑了，可能是因爲上次見過楚文昕低血糖，周丞鐵了心不讓她餓著回家，一到吃飯時間就載人回市區吃了晚餐，然後又一路閒聊著騎往宿舍。

「那老闆是個退休警察，所以警校學生偶爾會去那邊玩。」機車拐過一個彎，在宿舍門口停下，「眞的當上警察後，大部分人就很少去了，覺得拿槍就有壓力，一點都不紓壓。」

這大概也是某種職業倦怠，楚文昕倒是覺得挺有趣的，在腦海中把那人形靶紙安上現實中的一些討厭嘴臉，再把它打爆——眞是特別療癒。

「很少人去，怪不得老闆捉著你比賽。」楚文昕下了機車，把安全帽遞還給周丞，「你的手還可以嗎？」

畢竟槍的後座力還是滿大的，震得楚文昕都覺得手有些麻。

「還好，習慣了。」

楚文昕的表情不太贊同，皺著眉頭道：「你的手骨折過，這幾個月最好都別太出力。」

「好。」周丞從善如流地應了，隨手將安全帽找個位置掛好，一邊又笑咪咪地說：「哎呀，楚醫師這是又在關心我嗎？」

他是開玩笑的口吻，本以爲楚文昕會翻個白眼，和上次一樣，重申一下「醫病關係」，未料對方這回卻是怔了怔，嘴巴開了又閉，沒有否認。

兩人面面相覷了一會兒，周丞眨眨眼，意識到了什麼，眸中閃過一絲訝異，隨後盈滿了笑意。

一陣晚風吹來，將楚文昕的髮絲吹得有些亂了，她還沒來得及做什麼，周丞就先伸手替她將那一縷髮絲挽至耳後。然後修長的手指沒有離開，轉而在她眼角的淚痣輕輕摩娑了一下，帶來一陣輕柔的癢意。

空氣中的氛圍忽而轉變得曖昧而濃重，周丞主動開口：「楚醫師，我喜歡妳。」

楚文昕略微無措地垂下了視線，沒頭沒尾、乾巴巴地說：「……我工作很忙。」

周丞莞爾，「我工作也忙，完全能理解。」

「我個性很冷，不軟萌也不會撒嬌，我……」

「我說過了，我就喜歡妳這個樣子。」周丞笑了，笑容中有著體諒與縱容，說話的嗓音低沉又篤定，「妳不用爲了我改變什麼。」

楚文昕怔怔地望向他，終於再也沒話可說。

「楚醫師，」周丞與她對視，終於問出了那個問句：「我們試試看好嗎？」

楚文昕幾乎不太清楚自己是怎麼回應的，她可能點了頭，也可能含糊地說了聲好。總之，在對方傾身過來時，她沒有閃避。

月色中，周丞輕輕印下了一個溫柔的吻。

理智冷靜的楚大醫師，從來不喜歡任何超出控制、計畫之外的事物，但眼前這人卻似乎突破了她的所有防線，成爲了她唯一的例外。

那無形蔓延的枝枒，在這一刻終於徹底失控，鋪天蓋地地盛放出熱烈的繁花。

親吻之間，楚文昕感受著自己劇烈的心跳，恍惚想道：就這樣嘗試一次……或許也很不錯。

第七章

周丞的陽光總是有種渲染力，讓楚文昕原本壓抑的生活都顯得不那麼灰暗了。也不知道是不是心態影響了現實，她生活中的一切亦有了許多好轉。

比如說，口腔外科去生產的那位主治醫師，坐完月子回來上班了。

這人姓楊，身材嬌小，性格卻潑辣剽悍。她素來很看好楚文昕，不知道從哪聽聞了柯孟仁刁難楚文昕的事蹟，劈頭就把對方狂罵了一頓。

還真別說，柯孟仁是有點怵楊醫師的。他像隻鵪鶉一樣，被飆罵得一臉呆滯，後來好一陣子面對楚文昕時都不太敢找事了。

再後來，余嬙回診了，間隔了一個月回來檢查拔牙傷口。

「楚醫師，我刀開完了。」她一坐下就笑著道：「化驗過後是良性的，不用化療了。」

楚文昕跟著笑了，神情幾乎比余嬙都還要高興。

再然後，口腔外科的專科初試舉辦了，應試一週後便放了榜，楚文昕以驚人的高分通過了。

而複試遠在半年之後，她暫時可以喘口氣了。

大概跌到低谷後終究會迎來轉折，楚文昕心情漸好，笑容跟著多了，連不講理的病人似乎都沒那麼討厭了……才怪呢。

「張先生那兩個兒子到底有完沒完！」連彭淮安都受不了了，一次在開刀房時抱怨道：「鬧得那麼大，連院長都來關切這件事情了！」

楚文昕一邊開刀，一邊嘆了口氣，「沒辦法，人一扯到錢就瘋了。」

隨著張老先生的病情惡化、清醒時間越來越短，張家一胖一瘦的兩位兄弟似乎越發心急了。他們這幾天不停地奔走，甚至還找了律師與記者過來，試圖施以輿論壓力，逼院方給張老先生治療續命。

口腔外科之外，他們還找了血液腫瘤科、放射科、耳鼻喉科……所有和他父親病情沾到一點邊的科別都被騷擾了，整間醫院被鬧得烏煙瘴氣。

最開始，楚文昕試圖把人性往好的一面想，覺得至親之人命在旦夕，難免會不太講理。到後來她卻也覺得不太對勁，就找了張小姐來深談。

張小姐起初吞吞吐吐的，像是羞於談起「家醜」，在楚文昕的追問下才終於娓娓道來：「我想是因爲遺產……」

起了頭，後面的事情就說得更容易了。

原來，可能是不滿兩個兒子薄情不孝，從來不曾返家探視過自己，張老先生立了遺囑，死後要把所有遺產全留給女兒。

張老先生雖然如今病重落魄，早些年也是位堂堂的大老闆，全部身家足夠張小姐幾輩子都不工作也不愁吃穿了。

兩個兒子沒料到老父親這麼絕，得知此事後匆匆趕回來，試圖在張老先生去世前刷足好感度，讓人修改遺囑。

這招的確有點效果，畢竟再怎樣都是一家人，哪能有多大仇？張老先生的態度有所鬆動——但還沒鬆動到願意變更遺囑的地步。

眼看好感度還沒刷夠，似乎就差臨門一腳，老先生卻越來越不清醒了，兄弟倆哪嚥得下這口氣，當然急得很。

張小姐也曾在中間勸說過父親，說她不需要那麼多，勸他把遺囑改了，都是一家人，別弄得那麼僵。

老先生一聽到這話更氣，體貼懂事的小女兒與兩個現實無情的兒子一對比，讓他更加偏心，更不願意改遺囑了，於是才有了現在的局面。

彭淮安擔憂道：「學姊，妳最近小心一點，聽說他們有時候還會在醫院外面堵人。」

其實楚文昕最近幾天走在路上，也總感覺似乎有人在跟著她，不知道是不是自己太疑神疑鬼了。

不過她倒也沒說什麼，只是笑笑：「知道了。」

早在一個多月前，蘇琇等人就一直叨念著要去KTV唱歌，說要幫失戀的楚文昕轉換心情。

如今楚文昕都默默展開新戀情了，這歌都還沒唱成，好不容易才終於在一個假日晚上約成了團。

因為前陣子的車禍，楚文昕的汽車進廠維修了，順便做了大保養，一直到現在也還沒空去取，於是今天就先搭了蘇琇的便車。

和上次聚餐的陣容一樣，五個女孩在KTV包廂中輪番引吭高歌，毫無形象可言，偶爾停下來喘口氣，一邊吃東西一邊閒聊。

郭子妤用審訊的口吻問道：「所以妳和那個帥警察怎麼樣了？」

其他人聞言也轉頭望來，表情看起來都不是第一次聽說這件事。

楚文昕哭笑不得，「妳們是通靈了嗎？」

「在醫院還想要有祕密啊？還不速速招來！」

「也沒怎樣，」楚文昕笑道：「剛在一起而已。」

周丞一週上班五天休息兩天，但這兩天隨機分布，不見得會在週末，且楚文昕偶爾假日也得值班，於是他們兩人的休息日經常錯開，沒辦法出遊。自確立關係以後，他們也才一起出門過兩三次而已。

不過周丞偶爾會來探視邱以軒，偶爾是單純巡邏路過，勤務不忙的話便會正大光明地穿著制服直接進醫院找她。

時不時還會帶點小東西給她，有時是杯熱飲，有時是幾朵鮮花——他似乎發現了楚文昕喜歡花——還挺有心的。

如此一來，也難怪醫院的同事都知道了。

大概是周丞太正向、太熱切了，又有許多年輕人才有的新意，楚文昕久違地體驗了一把熱戀期的酸爽感，感覺最近智商都降低了，偶爾還會看著手機訊息，自己在那裡發笑。

「看吧，我就說吧，妳之前是沒遇到眞愛。」蘇琇說：「現在遇上了妳就知道，其實連續劇演的那些都是眞的……」

楚文昕想了一下連續劇中愛得死去活來的狗血劇情，誠懇道：「我想還是不至於。」

五個人玩鬧到十點多時，有人敲了門。

「不好意思，警察臨檢。」

就見三四位身穿制服的警察魚貫走入，當中還有人牽著一隻米格魯緝毒犬，進門後就四處嗅嗅。門外另有四五位警察站著，臨檢的規模看起來頗大。

進來的人裡面竟有周丞。

周警官愣了愣，顯然被這巧遇驚到了，隨即回過了神，露出一個笑容。

楚文昕望著他走近，然後衝她伸出了一隻手。

「小姐，證件麻煩一下。」周警官一本正經地說：「我懷疑妳未成年。」

……懷疑你個大頭哦。楚文昕簡直要被他煩笑。她從包裡摸出了身分證，拍在周丞的手上，笑罵道：「要是眞的沒成年怎麼辦？」

周丞想了一想，「那我就把妳帶回家。」

這個「帶回家」由周丞含笑的嗓音說出，不知怎地聽起來特別曖昧，眾目睽睽之下，楚文昕的臉都有點發燙了。

行吧，這人太會撩，她怎樣都說不贏他。

「所長，是認識的？」蕭任尹走了過來，看看他們兩人，拖著長音問：「哦——是女朋友？」

周丞笑笑不語，但答案倒也顯而易見。

蕭任尹眞是善解人意，露出會意的笑容，「要不然你在這邊待一下？反正也差不多要收隊了……」

周丞沒有因爲美色而荒廢工作，推了他一把，「別鬧。」

「我們也快結束啦！不然等等警官你送她回家啊！」蘇琇忽然一氣呵成地喊道：「你不知道，最近有病人一直來找文昕鬧事呢，警官你可得保護好我們文昕這個柔弱的老百姓——」後面的話因爲被楚文昕捂上了嘴，因此沒能說完。

「有人來鬧事？」周丞愣了愣，看向楚文昕，好看的眉毛皺起，「妳怎麼沒告訴我？」

楚文昕還沒來得及說話，米格魯就聞完一圈出了門，警察們準備往下一間移動。

周丞只好道：「待會在這裡等我。」

語畢，他便迅速地轉身走了。大門關上，包廂內約莫安靜了五秒鐘，後爆發一陣熱烈討論。

「我第一次看到本人，好帥啊！」

「還有肌肉！手臂上都是肌肉！」

「而且牙齒好整齊！」

「眞的！那牙齒笑起來簡直……」

「對，牙齒！」

這群人的職業病是不是太嚴重了一點？楚文昕默默想著。

半小時後，她們包廂的時間到了，出門下樓時，正好見到周丞獨自一人從樓梯間走上來。

楚文昕打了個招呼：「周警官，這麼巧。」

周丞歪了歪頭，看著她笑，「不巧，我來找妳。」

那四位牙科女子又不說話了，楚文昕不用看都能想像，她們的表情一定又是一臉「哦哦哦哦哦」。

蘇琇內心是拉著長音的「哎喲——」，面上道貌岸然，「周警官，你們聊，我們就先走了。」

然後她就拉著郭子妤等人走了，走前還在周丞背後衝楚文昕做了一個「加油」的手勢。

楚文昕哭笑不得。

周丞看了看她，又扭頭看了看遠去的蘇琇等人，好奇地問：「怎麼了？」

「沒事。」楚文昕反問：「你們臨檢完了？」

「剩最後幾間。那邊是另一個人帶隊，暫時沒我什麼事情。」

楚文昕有點驚訝，「臨檢會出動這麼多警察呀？」

「這次是擴大規模臨檢。」周丞解釋，「加上最近嚴打毒品，所以才派出這麼多警力。」

因爲黃笙尚未落網，加上襲警事件，警方最近加大了掃毒的力度，準備徹底拔除埋藏在這座城市的毒品線。

他們一邊聊，一邊往下走，下到某層樓時忽然聽見一聲怒喝。

「那邊！有個上洗手間的跑了！」

楚文昕還沒來得及回頭，整個身子忽然被一股巨力一把推開，一道身影倏忽從旁掠過，狂奔下樓。

周丞反應很快，有力的手臂一伸，把差點跌下樓梯的楚文昕撈了回來，擰著眉頭問道：「沒事吧？」

楚文昕有些驚魂未定，「沒……沒事。」

周丞上下掃了她一眼，確認無恙後，才開了口：「在這邊等我。」

然後他長腿一邁，直接躍下了五六層階梯，落地後又如離弦的箭矢般飛掠而出，在大門前追上了逃跑的少年。

少年似乎鐵了心要跑，轉身就與周丞扭打起來。

楚文昕跟著陸續趕到的員警一同下樓，正好望見周丞發力將人按跪在地上。

「警察！不許動！」周丞的吼聲很響，聽起來好凶，「手舉起來！」

楚文昕從未見過周丞這一面。在她面前，周丞一向是無害的、和善的，而不是這樣，嚴厲而凶狠，幾乎令她感到有些陌生。

她看了一會兒，心想：原來這就是警察。

這群少年一共六人，從他們口袋搜出了幾小包K他命，怪不得要跑，看來警察們今晚又得熬夜了。

楚文昕在一旁遠遠觀望著他們忙碌，不曉得還得等多久，遂出了滿是二手菸味的KTV，想去外面隨便走走透氣。

時間接近十一點，路上行人不多，有些幽暗，楚文昕晃過兩個街區時，那種被人跟蹤的感覺又出現了。

她不太確定是不是因爲方才看了一場警匪追逐戰，心裡緊張所以多疑了，便加快腳步，轉了幾個彎，而且是右轉再右轉，走了回頭路。她側頭瞄去，卻見那黑色的人影始終綴在身後，甚至還越來越近了。

楚文昕的手心冒出了一點冷汗，步伐漸快，幾乎小跑了起來，又右轉了一次，可以看見KTV的招牌就在前面了……是錯覺嗎？身後隱約有加快漸大的腳步聲，那人似乎也跑了起來。

楚文昕正要回頭，一隻手從斜前方伸了過來，拍了下她的肩膀。

「楚醫——」

楚文昕驚叫出聲，下意識地將身前的人一把推開。

那人有些吃驚，退後了兩步才站穩。

是周丞。

「怎麼了？」見楚文昕面色有異，周丞皺起眉頭，「發生什麼事情？」

楚文昕臉色蒼白，呼吸急促，一顆心狂跳不止，怔了一會兒才戰戰兢兢地回頭望去。

後面一個人也沒有。

「也有可能是我看錯了。」

「反正，妳最近別一個人在路上走。」周丞穿著制服，騎著警用機車，載楚文昕回到了宿舍，「上下班也是，找個人一起走，不然就趕快把妳的車取回來。」

周丞的語氣很嚴肅，楚文昕只得道：「我知道了。」

大概也不希望楚文昕真的太害怕，周丞又放緩了語氣，「沒事，我會去調監視器看看，別擔心。」

楚文昕笑了笑，「好。」

可能內心深處還是有些被嚇到了，她看著坐在機車上、準備回頭的周丞，竟是不太想讓他就這樣離開。

她遂又開口：「你還有工作嗎？」

「暫時沒有。」

楚文昕低頭玩著手上的鑰匙，第一次覺得自己竟然也會與忸怩沾邊，「那你……要上來坐坐嗎？」

他們醫院的員工福利不錯，宿舍裝修得挺好，新且寬敞。

楚文昕住的是單人套房，一室一廳一廚房一衛浴，以醫院宿舍來說，算是很高級了。

雖說楚文昕曾自嘲「不賢慧」，但其實家事或烹飪等等，真要做的話她都能做好，只不過是太忙了不想做而已。

她站在廚房，洗了兩個杯子，泡了一壺水果茶，倒滿後端到茶几上。

周丞坐在沙發上看著她，「剛才妳朋友說，有病人來找妳鬧事？」

「其實也沒什麼，就是想搞新聞，吵吵鬧鬧的而已，沒動手。」她想到什麼，又說：「你也見過，就是之前在醫院被你按在櫃台上的那位。」

周丞想起來了，幽幽道：「當時就應該揍他一頓。」

楚文昕把張家那樁遺產風暴與周丞說了，後者聽罷驚訝道：「哦，是新聞上那個張老先生啊。」

原來已經上新聞了。

周丞繼續說：「報導也沒什麼，就說知名企業老闆張老先生得了癌症，兩個兒子悲傷慟哭之類的，一直在打親情牌。」

「……也真是很老梗了。」

周丞笑了笑，拿起馬克杯要喝，杯子提到眼前時卻在下緣瞄見了一個刻字，定睛一看，是一個「劉」字。

周警官不樂意了，把杯子轉了一圈，展示給楚文昕看，「姊姊，妳這是人贓俱獲啊。」

楚文昕啞口無言。其實也不能怪她，她廚房的櫃子裡全是醫院年年贈送的紀念杯子，長得毫無標誌性，根本也沒記清楚劉思辰何時在她這邊放了一個。

她有些尷尬地接過，一邊起身一邊道歉，「我幫你換一個。」

周丞其實只是耍耍性子，故意胡攪蠻纏一下。楚文昕卻挺認真看待這件事，把劉思辰杯子裡的茶倒了，洗乾淨放在一邊，然後伸手在廚房的櫃子裡翻找全新的杯子。

周丞慢悠悠地跟著走過來，不知道從哪裡變出一個夾鏈袋，像警方採集證物一樣，把劉思辰的杯子摸走了，裝到夾鏈袋裡封好，語氣嚴肅地說：「這得帶回局裡調查。」

……行吧，楚文昕也是服氣了。

廚房的櫃子其實沒多高，然而最深處楚文昕還是有些搆不到，她踮起腳尖往裡面找，一隻手臂突然從身後伸過來，很輕鬆地就把最裡面一個粉色的杯子拿了出來。

周丞微微低頭，「這個？」

這種感覺有點微妙，他們也不是沒靠得更近過，但也許是因為現在身處於她的住處——本應專屬於自己的私密空間，卻逐漸被周丞的氣息所填滿，這樣近的距離讓楚文昕腦海一熱，開始手腳都有些不知如何安放。

於是她退開了一步，連看都沒看就說：「對，就那個。」

「粉色的？」周丞有些吃驚，隨後又率性地笑了笑，「好吧，也行。」

可能是感覺這個粉色杯子一副不會有其他男人用過的樣子，周丞越看越滿意。他靠在流理台邊，笑咪咪地望著楚文昕往杯子裡重新倒滿水果茶，一邊煞有其事地碎碎念：「楚醫師行情太好了，看來我不能大意，得緊密監視才行……」

楚文昕把杯子塞給他，沒好氣地打斷，「那你呢？總也有過前女友吧？」

周丞「啊」了一聲，倒也沒有避而不談。

「大學時有過一任，不過畢業沒多久就分手了。」他雲淡風輕地笑了笑，「剛畢業的時候事情特別多。她覺得警察的工作太忙了，覺得我根本沒法好好陪她，就結束了。」

周丞畢業是接近一年半以前的事情，這麼久的舊帳其實也沒什麼好翻，簡短三兩句交代了狀況後，便沒什麼可聊了。

楚文昕自知理虧，沉默了一下，乾巴巴道：「抱歉，我很少注意這種事情……改天我會再整理一下。」

望著楚文昕彆彆扭扭地道歉，周丞反倒笑了出來，「楚醫師，妳怎麼那麼可愛？」

楚文昕愣了一下，還沒回答什麼，忽然視線一陣位移，她整個人被周丞抱起，放到了流理台上。

「……你幹嘛？」

「沒有幹嘛，」周丞傾身，在那顆他肖想已久的眼角淚痣上輕啄了一下，「想親妳。」

青年率性直白的話語總是讓人難以抵擋。

他站在楚文昕的雙膝之間，大手穿入她後腦的髮絲，扣住了她。兩人貼得很近，手臂交纏相擁，在安靜的夜晚中吻上了彼此的唇瓣。

最後，周丞先退了開來。

一向從容沉著的周警官，此時呼吸也有些亂了，他眸色幽暗，張口正要說點什麼，腰際的對講機卻很煞風景地先響了。

「……公園附近的大排檔有五六個醉漢在鬧事，需要支援……」

兩人同時頓住，兩三秒後，周丞嘆了一口氣，額頭往下抵到楚文昕的肩窩上。

瞧他長吁短嘆的模樣，楚文昕覺得有點好笑，摸了摸他後腦的短髮，待人抬頭後，非常難得地主動親了他一下，「去吧，周警官。」

獲得親吻的周警官搖著尾巴走了。

後來楚文昕拿著衣物去盥洗，大概高估自己的心理素質了，站在蓮蓬頭下沐浴時，忽然後知後覺地感到心裡毛毛的，出浴室後，還去二度確認大門是否上鎖。

她想傳訊息給周丞，一時卻也不知道該說什麼，就簡單打了句：「工作順利嗎？」

但周警官也許正在忙碌，並未回覆。

楚文昕收起手機，抬頭正好又看見了流理台上動也未動過的、孤伶伶的粉色馬克杯。

素來忙碌於工作、好強獨立、不喜歡黏糊的楚文昕，也不曉得是不是因爲最近專科考完，忽然變得相對清閒了，又或者是因爲周丞的性格實在太暖，將她冷硬的心捂得熱了、變得柔軟了——明明剛剛才分別而已，她又開始想念他了。

方才，周丞說她的前女友覺得警察的工作實在太忙了，根本沒辦法好好陪伴家人。

楚文昕在流理台邊洗著杯子，一邊心想：可不是嗎。

周丞趕到現場的時候，大排檔已經有好幾張餐桌被翻倒，破碎的碗盤與爛糊的菜餚散落一地。肇事的六個男人大概摔東西摔得累了，目前正在中場休息中，暫時沒有動作。

老闆嚇得躲在店裡的角落不出來，原本在座的其他客人也都起了身，深怕被波及，躲到遠處遙望。只剩身穿制服的蕭任尹站在肇事者旁邊，緊盯著人，以便再有什麼動靜，好隨時制止。

周丞走上前去，「怎麼回事？」

蕭任尹一向玩世不恭的面上此刻難得嚴肅，眉頭緊擰，彷彿也覺得很棘手：「所長，有一個是認識的人。我就想先不鬧大，等你來看要怎麼辦……」

「所長」二字似乎刺激了其中一名男人，就見他猛然轉頭望來，視線與周丞對上——原來是林帆。

制服一脫，這人看起來確實更像是流氓，小平頭加上寬鬆的背心與短褲，搭配粗魯蠻橫的言行舉止，說是警察都不太有人信了，和他五個地痞朋友站在一塊，顯得毫無違和感。

周丞也皺起了眉頭，「林警員，你身爲警察還帶頭鬧事？」

林帆受了懲處，被記過調職，近幾日心氣特別不順，經常找老朋友出來藉酒澆愁，此刻見到前上司，分外眼紅，醉醺醺地「哈」了一聲，大聲道：「鬧事又怎樣？你這種小白臉能拿我怎麼辦？」

而後他舉起手作勢揮舞了一下，「我一拳把你打趴下哩——」

另外五人大概也不是什麼善類，跟著一起嘿嘿笑了起來。

周丞翻了個白眼，不想跟這群弱智青年溝通了，轉身對蕭任尹說：「先帶回派出所吧，別影響到人家生意。」

因爲曾是同僚，他們想給對方留點臉面，但林帆一點也不合作，被拉扯幾下後更加火大了，「少在那邊講規矩，你這種走後門的，有什麼資格跟我講規矩？你們根本不看實力，用完就扔，沒背景的人就活該一輩子給你們做牛做馬嗎！」

「走後門」這件事還眞是沒完沒了。

周丞從警至今，一路走來全憑本事。長官看好他，除了他父親的緣故，更大原因是周丞本身也爭氣，況且除了「看好」之外，其實他們也沒給什麼實質上的「特別照顧」。

然而只懂得怨天尤人的林帆，卻始終想不清楚。

周丞對此人的容忍度大概也到了極限，完全不想跟他講道理了，冷笑一聲，順著說道：「如果有後門的是你，你難道不走？不用講得那麼冠冕堂皇，說穿了不就是嫉妒？自己沒投好胎，還要怪我？」

……老兄你這是要搞事的節奏啊。蕭任尹在一旁聽得膽戰心驚。

林帆一聽，果然氣炸，當場便撲了上來，與周丞扭打在一起。

受父親的影響，周丞從小就學柔道與散打長大，對付一個林帆當然不在話下。但他現在畢竟穿著警服，不能下手毫無輕重，加上右手有舊傷，難免多了點顧忌，且對方亦是受過員警訓練的人，格鬥與壓制的步數有些相似，沒辦法那麼快把人制伏。

另外五人只是喝醉的混混，面對警察多少還是有些怵的，不過因爲酒精衝腦，又自詡爲林帆的哥兒們，還是凶神惡煞地慢慢將周丞與蕭任尹圍了起來。

於是蕭任尹剛用對講機呼叫完支援，就見他們已被五個彪形大漢包圍。

「……我操。」蕭任尹沒忍住罵了一聲。這時，周丞一下肘擊正中林帆心窩，將他打退了好幾步。

林帆踉蹌後退，被混混朋友撐了一把，大概沒想到他眼中的這位「小白臉」這麼能打，吃痛後反而更激起了血性，雙眼赤紅地瞪視著他倆，一副恨不得將他們生吞活剝的樣子。

周丞與蕭任尹站在包圍圈中，背靠著背。蕭任尹崩潰道：「老兄，我叫你來是不想鬧大！」

周丞乾笑一聲，「現在說這個有點晚了。」

見他倆還有心情調笑，林帆咬牙切齒地吼了一聲，六個人一起衝了上來。

混戰中，蕭任尹一邊應對，一邊大喊：「老林，這都是誤會！」

閃過一拳後，又喊：「周丞這小子有時候是挺欠打！」

反手狠回一拳，再喊：「我同意你打他！別打我！」

周丞簡直要被氣笑，但蕭任尹也就過過嘴癮，喊個熱鬧，反擊時一點也不手軟。

他們兩人皆身手了得，且默契太好了，無論怎麼移位，始終都在能相互支援的距離，陣勢不亂，二打六竟也沒讓另一方占到什麼便宜。

周丞轉身抬腿橫掃，正中一人側臉，對方倒地直接失去意識；蕭任尹單手扣住撲來的另一人的後頸，下壓後對腹膝擊，那人頓時彎腰嘔吐不止。接著又有一人伸手抓過來，周丞扣住那隻手臂反折，後撤一步，那人登時被放倒在地……

不過短短幾分鐘，六名壯漢在地上癱倒一片，呻吟不止，畫面看起來十分悽慘。

「走後門又怎樣。」周丞站在倒地的林帆旁邊，沒好氣道：「你爸爸我走後門進來，一樣打爆你們全部。」

警笛聲正好響起。

蕭任尹一抹額上劇烈運動後的汗水，笑罵：「這些人也來得真夠即時了。」

周丞還沒回答，忽見蕭任尹背後原本倒地的一人強撐著站起，大概是殺紅了眼，拾起一個酒瓶，咬牙切齒地往蕭任尹頭上砸。

周丞上前一步扯開了蕭任尹，下意識抬手格擋——清脆的玻璃破裂聲響起，酒瓶砸碎在他的右手臂上。

周丞手臂一痛，卻並未收手，反而順勢握住了對方的臂腕，旋身發力。

「砰」的一聲，比周丞多出好幾公斤重的壯漢，被一記俐落標準的過肩摔狠狠砸在地上，哀號一聲，再也站不起來了。

至此，大排檔終於清靜了。

蕭任尹被最後那一下脆響嚇了一跳，皺眉說：「老兄，你手流血了。」

這六人沒拿冷兵器，他們方才也沒掏槍，純粹拳腳對打，身上大多是擦傷和瘀青而已，只有最後酒瓶砸的那一下，劃傷了周丞的手臂。

大概是腎上腺素的關係，周丞方才沒覺得如何，現在才後知後覺地開始感覺到痛。他瞥了眼傷口，摸出一條手帕蓋上了。

六名滋事的青年被一一塞進警車載走，而後周丞與蕭任尹一起幫忙店家收拾了現場，又同老闆和圍觀民眾問了話、紀錄狀況，事情終於告一個段落。

周丞本還想回派出所，卻被蕭任尹驅趕，讓他趕快去醫院。

周丞妥協了，準備跨上機車時摸出手機看了一下，才看到楚文昕好幾小時前發的訊息。

「工作順利嗎？」

周丞看了眼流血的手臂，心想：哎喲，慘了。

第八章

翌日是週一，楚文昕清早起床時就先看了下手機。

周丞已經回覆訊息了，發送時間在凌晨四點多，「順利，特別順利。」

楚文昕邊滑手機邊走去刷牙，滑到一半，手機叮咚一聲，又來了封新訊息，點開發現是郭子妤傳來一個影片網址，後面還附帶一句話：「這是不是妳男朋友！」

楚文昕點開連結，看完影片後臉都黑了。

周丞坐在急診縫合室的床邊，對著收拾器械的護理師問道：「那個……我大概還要待多久呢？」

他的語氣很客氣，但仍聽得出有點急迫。

「你的右手得照張X光，等骨科醫師來確認一下有沒有問題，然後等一下還要幫你身上的擦傷消毒上藥。」護理師反問：「你趕時間嗎？」

周丞乾笑兩聲，「因爲等等還得上班……」

「你這算工傷了吧？請假一下應該還好？」

是還好沒錯。周丞心想：我總不能說是怕遇到女朋友吧。

轉念一想，楚文昕上班都在門診或者開刀房，沒值班時不太會到急診這邊來，應該也沒什麼好擔心的。

護理師收完器械後轉身走了，留下周丞等待著X光室叫號。

這時手機忽然響了一聲，他掏出來一看，是楚文昕回傳了訊息：「不是有醉漢鬧事嗎？危不危險？」

周丞回道：「還好還好，沒什麼危險。」

楚文昕再問：「沒受傷吧？」

「沒有沒有……」

「是哦。」

周丞還沒來得及回話，楚文昕下一句又接著來了。

「你要不要再確認一下有沒有說錯？」

周丞身形頓住，彷彿感應到了什麼，抬起頭來，就見穿著白袍的楚大醫師抱手站在縫合室門邊，也不知已經站了多久。

……哦吼，完蛋。周丞心想。

楚文昕走了進來，將他由頭到腳掃視了一輪。

昨天還好好的人，一晚上過去就折騰得傷痕累累，右手臂上有一道碎酒瓶劃出的割傷，剛剛才縫合。除此之外手腳還有一些擦傷和瘀青，左邊嘴角也破皮了，像是被什麼打了一下。

她沉默了一會兒，轉身拆了包基本包，又拿了碘酒與幾塊棉花過來，在周丞面前坐下。

望著楚文昕面無表情地幫自己消毒擦藥，周丞不自覺地正襟危坐，模樣看起來特別乖巧，像是受過訓練端坐的大型犬。

他口氣莊重地說：「楚醫師還沒要上班？」

「門診還沒開始。」楚文昕語調平板地一邊說著，一邊用鑷子夾著一顆褐色的棉球，在他破損的嘴角用力按了一下。

周丞嘶了一聲。

「現在曉得痛了？」楚醫師表情很冷酷，「之前不是還說很順利？沒受傷？」

周丞表情誠懇，「我可能傷到頭了，一時腦子不太清醒。」

楚文昕無言地望著他。

「眞的，我大概得照個腦部斷層……」

楚文昕沒好氣地打斷，「好了，行了！」

見楚文昕終於不再板著一張臉，周丞就笑了，又是那種讓人很難對他發脾氣的笑容，「妳怎麼會過來？」

楚文昕幽幽道：「一大早就在社群網路上看見你了。」

原來是昨天打架時，圍觀群眾中有人拿手機全程錄影，然後發到了網路上，還下了吸引人的標題——帥氣警察二打六不良少年！

大概是對打的動作太俐落漂亮了，過程也挺緊張聳動，加上周丞與蕭任尹都高䠷帥氣，才一個晚上的功夫，影片流傳甚廣，讓當事人紅了一把。

因此被抓包的周警官無語心想：我眞是謝謝你們這些老百姓了。

傷口一一處理好之後，楚文昕嘆了口氣，「下次別這樣瞞我了。」

見楚文昕是眞的憂心難受，周丞斂了神情，乾脆地認了錯，「抱歉，我只是不想妳擔心。」

他的眼神坦率，看得楚文昕又有些招架不住。

「……嗯，我去看X光室還要等多久。」她收了器械，轉身出去了。

一會兒後，一位護理師帶著一位小朋友走了進來，「這孩子在門口那邊說要找周警官，是您認識的人嗎？」

周丞轉頭一看，竟然是盧小小。

「認識。」周丞驚訝道：「你怎麼來這裡？」

確認是認識的，護理師把盧小小留下，回頭繼續忙碌去了。

盧小小還沒回答，楚文昕正好回來，見到憑空出現的盧小小，疑惑地問了句：「周丞，這個小朋友是……」

盧小小愣了愣，目光在周丞與楚文昕之間巡迴幾輪，也不知道他的小腦袋瓜在想些什麼，沉默了好一會兒，似乎在醞釀一發大的。

然後，他深吸了口氣，驚天動地、中氣十足地喊了一聲：「爸爸！」

周丞花了老半天，才終於讓楚文昕相信盧小小不是他的私生子。

楚文昕一臉狐疑，「那他幹麼叫你爸爸？」

……不就是我嘴賤了一下嗎。周丞深刻地反省。

費一番口舌解釋清楚之後，周丞才又問：「小子，你來醫院幹嘛？」

「我打電話去派出所找你，他們說你來醫院了。周丞，你怎麼又來醫院？」盧小小背著一個小書包，走到病床旁戳了他一下，「你好體弱多病。」

體弱多病的周警官後來先去照了X光片，然後骨科醫師也來了。

趁楚文昕與骨科醫師講話的功夫，周丞對著盧小小齜牙咧嘴地小聲道：「你亂叫什麼爸爸！」

「你之前不老是要我叫爸爸嗎？」

「……我沒讓你現在叫啊。」

「我怎麼知道什麼時候能叫，什麼時候不能叫。」

「那你平時不叫，為什麼非得現在叫？」

盧小小望了楚文昕一眼，笑得一臉狡黠，周丞頓時具體感受到了來自七歲天才兒童的森森惡意。

「……好吧，所以你來找我幹嘛？」

「我想找個地方寫功課。」盧小小拉了拉書包的肩帶，抱怨道：「寒假作業好多。」

小學開始放寒假了，盧小小的家裡依然充斥著父母的打鬧對罵，讓他一點都不想待在家，一天到晚想往外跑。

「那你得等我看完醫生。」周丞皺起眉毛，「而且晚點我會去分局一趟，不會待在派出所。」

周丞的意思是讓所裡其他警員陪他，但盧小小大概有點認生，一臉不情願。

楚文昕在這時走了過來，見小朋友悶悶不樂的樣子，開口詢問：「怎麼了？」

當著盧小小的面，周丞也不好提起他家裡的狀況，只是簡短解釋：「他想找個地方寫作業，可是我等等不在派出所。」

楚大醫師細心敏銳，完全沒問「怎麼不回家」這類的問題，想了想後，提議道：「不然來我們科休息室寫？我門診就在外面，可以幫你顧著。」

周丞愣了下，「這樣好嗎？會不會太打擾妳？」

只有主治醫師有獨立的辦公室，住院醫師以下都是一科共用一間休息室，本來就挺開放的，倒也沒什麼打擾不打擾。

「不就是寫作業而已，而且我們科的助理和實習生也在。」

周丞轉頭望向盧小小，想徵詢他的意見。這屁孩子在「臭哄哄的警員們」和「漂亮的醫師大姊姊」之間毫不猶豫地選擇了後者，二話不說躲到了楚文昕的背後，探出腦袋衝周丞做出一個鬼臉。

……這小孩也是很行啊。周丞一臉無語地看著他。

骨科醫師是上次幫他釘骨板、上石膏的那位，這人白髮蒼蒼，脾氣與他的年紀一樣大，見周丞這個傷兵又搞事，氣得眉毛都快倒豎起來。

倒不是酒瓶那一下砸出問題，而是他在混戰過程中使勁出拳過，總感覺斷過的手腕有點麻，隱約紅腫了起來。不過X光片看起來骨頭沒出什麼大問題，可能就是稍微扭了一下。

門診時間已經快要開始，確認狀況還好之後，楚文昕便牽著盧小小先走了，剩下周丞與凶巴巴的老醫師二人。

老醫師還在仔細地做一些檢查，周丞問他：「我裡面的骨板需要拆嗎？」

老醫師翻了一個靈動的白眼，怒斥道：「拆個屁！我看你就得戴一輩子！」

「……抱歉。」周警官十分卑微。

盧小小挺乖巧地在口腔外科的休息室待了一上午。

楚文昕門診忙完時，推門進去一看，發現這孩子竟然沒在寫他的寒假作業，而是正翻看著一本非常厚重的《奈特大體圖譜》。

《奈特大體圖譜》是非常知名的解剖聖典，幾乎每位醫學生人手一本，他們休息室的書架上也有，盧小小大概就是從那裡拿的。

這本書裡充滿著人體各種器官構造的解剖圖，還是全彩的。楚文昕一時竟也不知道該不該阻止他讀，畢竟這本教科書似乎也沒被歸類於輔導級或者限制級。

她走過去委婉地問：「作業寫完了？」

盧小小從圖譜中抬頭，乖巧道：「今天帶的都寫完了。」

「你對這個有興趣？」

「嗯，看起來好神奇。」盧小小點點頭，伸手指了其中一幅圖，「人的大腦眞的是長這樣嗎？」

「縱切一半的話，的確是長這樣。」

有些非醫療行業或是比較膽小的成年人，見到這些解剖圖常覺得不太舒服，這位七歲的孩子卻看得一臉好奇、津津有味。

楚文昕莞爾道：「對醫學有興趣的話，好好念書，以後可以當醫生。」

盧小小看起來有些心動，然而想了想，又搖頭，「不行，我得當警察呢。」

瞧他一副小大人的模樣，楚文昕忍不住好笑，「這麼早就決定好啦？爲什麼想當警察？」

這個年紀的孩子說長大要做什麼，多半是恰巧遇上了誰、崇拜了誰，希望長大後和那人一樣。她認爲盧小小大概是因爲跟周丞關係親近，才會有這個想法。

未料盧小小嚴肅地說：「每次有警察來，爸爸媽媽就不吵架了。」

楚文昕微微一怔，就聽盧小小又認真道：「所以我得當警察才行，家裡有警察在，他們就不能吵架了。」

楚文昕沉默地望著盧小小繼續翻看圖譜，一會兒後，摸了摸他的頭，「姊姊帶你去吃午餐好不好？」

那天以後，除了派出所以外，盧小小又多了一個棲息地——醫院。

楚文昕有時得上手術房開刀，沒法一直照看他。但盧小小才不管，他自力更生慣了，家又住得不遠，經常不打招呼就跑來，若找不到楚文昕，他就在醫院胡亂閒逛，像在發掘著新大陸。

楚文昕當然不放心一個七歲孩子單獨亂跑，還讓周丞聯絡盧小小的雙親，結果這對不負責任的父母根本不管，她只得叫醫院的志工阿姨幫忙多多照顧這個孩子。

志工阿姨後來乾脆也給盧小小一件顯眼的螢光色志工背心，又耳提面命他絕對不能隨便跟陌生人走，大家這才放心了一點。

於是這幾週，螢光色的盧小小經常在醫院中流連。

或許是穿著志工背心讓他產生了一種使命感，對醫院環境熟了以後，他常給病人指路，有時還幫員工送送東西，很多人都認得他了，日子過得挺充實。

「大姊姊，有個人說要找妳。」

某天，盧小小又蹦蹦跳跳地跑進口外診間，傳話給楚文昕。

這不是他第一次當傳聲筒，雖然醫院分明就有配給每位員工一支公務手機，但見盧小小認真的模樣，大家有時也樂意分派給他一點簡單的、不著急的工作。

楚文昕的下午診剛結束，正收拾著東西，一邊反問道：「誰？」

「他說是妳的同事。」

「什麼名字？」

盧小小表情空白了一下，「我忘了問。」

可能覺得自己失職了，他皺著眉頭試圖補充資訊，「男的，高高的……有點黑，他說在十五樓等妳……」

楚文昕完全沒聽出這位「高黑男」究竟是何方神聖，不過她也不忍打擊對方，遂笑笑道：「我知道了，謝謝你。」

盧小小高興了，揮揮手，「那我先回家啦！」

告別過後，楚文昕打算先去查房。

口腔外科的病房在十三樓，基本上已經是默認的頂樓了。再往上的十四與十五樓，以前是一些行政部門，但某年院區擴建過後，行政部門遷走了，這兩層樓現在基本上已經廢棄，無人使用，只堆放著一堆過期或備用的醫療器械。

現在還會上去的人，多半是有舊資料或醫材要找，不然就是想避人耳目，偷情或者聊祕密之類的。

楚文昕沒多想，要麼是有人想找她上樓談心事，不然就是盧小小記錯樓層了，沒有將之放在心上，打算查完房再說。

到達十三樓時，楚文昕遠遠就看到彭淮安站在護理站，拿著公務手機正在撥電話，但與楚文昕對上眼後，就把電話掛了，朝她揮揮手，「學姊！」

楚文昕把「高黑男」與他對上了，「是你找我？」

彭淮安眼中閃過疑惑，似乎沒聽懂這問句的意思，卻也沒管那麼多，點頭道：「我的確在找妳。」

「怎麼了？」

原來是張老先生一家又出了狀況。

張老先生撐的時間其實比楚文昕預期的還要長了。如今大概是過大的腫瘤侵犯到了吞嚥神經，導致他的吞嚥障礙越來越嚴重，併發了吸入性肺炎，前幾天在深夜忽然送了急救。

後來人是救回來了，卻也更虛弱了，現在還插著管，得依靠呼吸器維生。

張小姐在那夜旁觀了緊急插管、胸外按壓等一系列急救流程。老父親瘦弱的身子在病床上被一下下重壓得彈起，像是個殘破的人偶，這讓她終於受不了了。

於是就在剛剛，大哥與二哥又帶著媒體朋友到場時，她崩潰地與人吵了起來。

張小姐態度難得強硬，不想老父親再受折磨，想簽放棄急救同意書，大哥與二哥當然不從，幾個人在病房鬧成一團。

楚文昕走進病房時，就見到兩個大男人衝著妹妹拉扯怒罵，說其實她才是心機婊、巴不得老爸快死，好拿走遺產，只有他們兩個才是真的為老爸好……

楚文昕當場就發了火，「鬧夠了沒有！」

她把張小姐拉到自己背後，對著兩個男人厲聲道：「張先生在這邊住院兩個月，你們來看過幾次？那種話你們自己信嗎？自己都不覺得丟人？」

兩兄弟大概也被忽然爆發的楚文昕鎮住了，愣神了一會兒，回過神來後臉色脹紅，神情激動地就要上前。

「立刻滾出去。」然而才往前那麼一步，楚文昕就衝他們舉起了一根手指，警告道：「你們敢再動一下，我立刻叫警察。」

最後，張家兄弟帶著那一群媒體朋友們悻悻然離開了。

楚文昕冷著臉觀望著一票人離去，眉頭緊擰。

周丞先前調閱了KTV附近的監視器，可惜，對方大概很懂得鑽死角，只在其中一個攝影機看見了一閃而過的人影，無法辨識身分，所以也不曉得到底與這對兄弟相不相關。看他們似乎人脈挺廣，有很多各種行業的「朋友」，總感覺很可疑。

然而他們沒有切實的證據，周丞只能耳提面命地讓楚文昕注意安全。

於是她最近除了和周丞出門以外，每天只開車往返醫院與宿舍，兩點一線，絕不一個人走在路上，如果真有什麼歹人，大概也找不太到時機行動。

「學姊，」彭淮安湊了過來，小聲道：「妳好帥啊。」

「……你好煩啊。」

張小姐的強硬只是曇花一現，兩位哥哥一走，她像是忽然脫了力，坐在陪護椅上又哭哭啼啼了起來。

張老先生這幾日因爲反覆的肺炎而越發虛弱，且止痛藥用得很強，清醒時間不多，現在也猶在昏睡中。

還好是這樣，不然方才聽見兩個大逆不道的兒子那一番言論，怕是剛醒來就又要被氣昏過去。

楚文昕不太擅長講軟話安慰人，見她又哭，覺得有點棘手。

好在一般病房多爲雙人房或三人房，隔壁病床其實還住著一年輕男人。他已經在一旁聽很久了，這時拉開了布簾，探出一顆頭忿忿不平道：「那兩個人也太過分了吧！我在這邊住一週了，每天就只有這位小姐過來照顧，他們只來過一兩次，而且每次都是來吵遺產……」

這位也是楚文昕的開刀病人，小手術而已，差不多準備要出院了。他大概是個正義哥，轉頭就開始安慰哭泣的張小姐。

楚文昕望著年紀相近的男人安慰著哭泣的女人，不知道是不是戀愛中的腦袋看什麼都帶上了濾鏡，總感覺看出了一點粉紅色。

她與彭淮安默默退出去了。

周丞是眞的很忙，所長的責任制實在太血汗了。楚文昕本以爲醫院就已經夠勞碌，哪知派出所所長是有過之而無不及。

楚文昕雖然値班很多，但至少沒値班時，休息日就是休息日。周丞卻不同，即便輪休，轄區內如果有什麼突發事故，他還是得趕去。

且但凡遇上擴大規模臨檢或者特殊的攻勢任務，周丞即使排休也得去帶班，事後也並無補休。

還有一回，他倆好不容易都放假，約了去看電影，出電影院時正好遇到一群不良少年在圍毆人，周丞二話不說就上前，直接「手動」把他們給制伏了。

楚文昕在一旁看得心驚膽戰。

「當警察得有很強的決心吧，連放假都沒法好好休息。」事後，楚文昕忍不住嘆道：「眞偉大啊。」

她沒有嘲諷的意思，就是純粹感嘆。

周丞想了一下，「如果妳休假時，在路上見到有人昏倒，難道不會上前去急救嗎？」

當然會了，她是醫生，能力所及之內，怎可能見死不救？

見楚文昕被問得一愣，周丞笑了笑，「那不就是了。」

這其實和社會期待、職業責任什麼的，都沒有關係。當事情發生時，誰還有空想那麼多？只是有人需要幫忙、有人需要他們這樣做，所以就做了，如此而已。

楚文昕試著用更理解、更體諒的心態看待周丞的職業，想建立起身為「警眷」的覺悟。周丞一忙，他們便只用電話或視訊聯絡。

一天晚上，兩人又用電話聊天，談起了最近網路上的熱門話題。

「那兩兄弟大概沒戲唱了。」

「我有看到，他們也真是鬧得夠久了……」

上回，張家兄弟帶著媒體朋友到病房鬧。後來媒體發了網路新聞，概述了巨商張老先生的一生，並採訪了老先生的兩位兒子。

新聞上，這對兄弟表現得禮貌得體，把父子情說得特別深厚，儼然一副悲痛欲絕的孝子模樣，說他們絕不會放棄任何救治的機會。

話語之間，還隱約指責了張小姐為遺產而罔顧父親性命，同時還趁他們認真工作、不在家裡時，離間他們父子之間的感情，將她塑造成了心機女。

可能受過指點，這段訪談說得可歌可泣、賺人熱淚。未料，當事情熱度發酵得正高的時候，網上又出現了一則影片，配上文字：事情可能不是大家想像的那樣。

影片內容正是楚文昕指責兩兄弟的現場，竟不知何時被拍了下來。楚文昕出現之前，三兄妹吵架的內容也都錄進去了。

畫面中的張小姐崩潰痛哭，喊著不想父親再受折磨，反觀兩兄弟，帶著朋友，人多勢眾，說話三句不離遺產，根本看都沒看躺著的張老先生，面目十分可憎。

然後楚文昕來了，劈頭飆罵一頓之後，把這對兄弟給轟出去了。

「我在老先生隔壁床住了一禮拜，每天都是張小姐給她父親把屎把尿。她也沒請看護，什麼都自己來，這對兄弟只來過寥寥幾次，每次來都帶著媒體或律師，嚷嚷著要分遺產，連醫師都快看不下去。」發布影片的人表示：「現在我出院了，眞心希望張小姐可以不再受哥哥欺負，也不要被無中生有的輿論擊垮……」

因爲反差太大，影片一發出就引起了軒然大波。這對兄弟本想利用媒體輿論，故意把事情鬧得很大，如今卻自作自受，反過來快被網軍謾罵的唾沫淹死了。

稍微一想，大概就知道拍下影片的人是那個正義哥。

楚文昕其實不喜歡被這樣偷錄影，然而影片沒怎麼照到她的臉，且她也覺得這場鬧劇實在拖得夠久了，遂也不想計較了。

一齣狗血大戲聊完，周丞又問：「有沒有可能是那兩兄弟找人跟蹤妳？」

「不知道，感覺還滿有可能的。」

「妳最近還有跟誰結怨嗎？」

「沒有，我只想得到他們。」她幽幽道：「這兩個沒良心沒素質的傢伙，也不知道小時候怎麼教的……」

周丞失笑，笑完又叮囑：「反正，妳還是小心一點。」

楚文昕正想回話，就聽電話那頭隱約傳來別的員警的喊聲，便打住了，轉而道：「你忙吧，先掛了。」

周丞轉頭不知對那人說了什麼，而後轉回來，嘆了口氣，「抱歉，最近剛好特別忙。」

「沒事，你去吧。」

電話掛掉後才兩秒，手機鈴聲又再度響起。

楚文昕還以爲周丞又想到什麼事情，看都沒看就接起來，「怎樣？」

「姊？」

楚文昕愣了下，這才看了眼來電顯示——是楚佑廷。

「嗯，怎麼了？」

雖說楚文昕與父母不是那麼和睦，但和姊姊與弟弟的感情都還算不錯。不過姊弟之間只偶爾會用訊息打打招呼，聯絡不算頻繁，因此楚文昕一時有些意外。

電話中，就聽楚佑廷小心翼翼道：「我能不能去妳那住幾天？」

第九章

「發生什麼事情？」

楚佑廷坐在楚文昕客廳的沙發上，垂著頭接受姊姊的審問，模樣看起來很沮喪，「爸媽跑去我那邊找我了……」

楚佑廷的大學和楚文昕在同一城市，離老家車程都要一個多小時。因此楚文昕對大老遠跑來的父母感到有點訝異，「找你幹嘛？」

「應該是難得想來城市裡玩，順便看看我們。」

「找就找啊，你幹麼逃來我這？」

楚佑廷與大學朋友在外面一起租房，兩人合租三室一廳的公寓，一間房間臨時讓給爸媽睡，還是住得下的。

楚佑廷卻沒馬上回答。他憋了超久，憋到臉都有點紅了，才開口：「我有個交往中的男朋友……剛剛被他們發現了。」

楚文昕陷入一陣冗長的沉默。

見她無言以對，楚佑廷的頭又埋得更低了，像是自己也很不好意思。

「不是，你……」向來冷靜的楚醫師，這會兒都有點不知從何處吐槽起，「什麼男朋友？你不是和那個蔣萍在交往？」

「沒有交往，是我請她冒充的而已……因爲媽一直說要看我的女朋友。」

楚文昕被這一番操作搞得很懵，「……你不會說你單身？」

楚佑廷也很崩潰，「沒辦法啊，有次回家時手機放桌上，訊息被她看見了，她就知道我有對象了。」

「什麼訊息？你打死不承認不就好了？」

楚文昕的想法是，只要不是正好說了「我愛你」之類的訊息，應該都很好糊弄過去，再怎麼曖昧可疑的對話，都能硬拗是「很要好的朋友」，反正也沒證據。

「這也沒辦法。」就見楚佑廷的臉更紅了，一臉害羞，小小聲地說：「因爲我設定的暱稱是『親愛的』。」

楚文昕徹底服氣了，心想：我怎麼會有你這個傻瓜弟弟？

片刻後，她總算問清了來龍去脈。

原來爸媽一大清早就去公寓敲門，楚佑廷去應了門，還沒來得及對「男朋友」示警，這位老兄便正好打著哈欠從楚佑廷的臥室走了出來，一邊問：「寶貝？你怎麼這麼早起……」

如果只有這樣也就算了，偏偏此人當時只穿著一件內褲，身上還都是斑駁的爪痕與吻痕，看著都能想見前一夜的腥羶與激烈。

老爸老媽反應過來後，當場就氣瘋了，楚佑廷只得趕緊讓男朋友穿好衣服，先出去避避風頭，讓他單獨和父母好好談談。

只不過他也沒談得多好，男朋友走後不到兩分鐘，講沒五句話，楚爸爸就抄起了旁邊的掃把，要往楚佑廷身上爆打。

楚文昕哭笑不得，「然後呢？你就跑給他們追？」

「對啊！不然站著給他打嗎？」楚佑廷看起來也很想哭，心有餘悸道：「姊，妳沒看到現場，那氣勢簡直魔鬼，我感覺有生命危險，跑了兩條街，好不容易才衝上一輛計程車……」

楚文昕想像了一下那個畫面，覺得無言至極，不知道的還以為他搶了人家的皮包呢。

「所以爸媽現在在你那邊？」

「對啊，先讓給他們住囉……」

「你那……」楚文昕卡了一下，「男朋友呢？這幾天住哪？」

「他說沒關係，他先借住朋友家。」

「那個蔣萍……」

「哦，是我一個很要好的朋友。」

行吧，原來不是女朋友，是閨蜜。

事情這樣就都交代得差不多了，客廳一時陷入了沉默。

半晌，楚文昕輕聲問道：「你喜歡男生？」

楚佑廷悶悶地點頭。

「什麼時候發現的？」

「很久了。」像犯了錯似的，他聲音細如蚊蚋，「我不敢說……」

爲什麼不敢說，楚文昕也不是不能理解。

在一般的家庭，出櫃就已經得很有勇氣了，而楚爸爸楚媽媽又是極度古板傳統的性格，怎麼想都沒有接受的可能。

楚佑廷性格靦腆內向，從小就是個乖乖牌，特別聽話，備受關注與寵愛，未料如今卻也是他，做了父母最不可能諒解的事情。

楚文昕沒再追問他是何時發現、怎麼發現自己性向的，但可想見，楚佑廷這種膽怯的性子，一路走來應該也充滿了迷惘與不安。

「我不會干涉你喜歡男生還是女生，只要你想清楚，姊姊都支持你。」楚文昕揉著眉心，「爸媽那邊，我大概起不了什麼作用，先讓他們冷靜冷靜，過兩天週末，我陪你一起過去吧。」

楚文昕不覺得他們聽得進她的勸，然而多個人在，應該能讓他們理智一點，不至於講沒兩句話就又要動手。

楚文昕的宿舍只有一間臥室，當夜，楚佑廷在她的床腳下打了地舖。

「姊。」

臨睡前，在黑暗的臥室中，楚佑廷的聲音從床下傳來。

「爸媽說我斷了楚家香火，對不起祖先，還說我丟人現眼。」他停頓了下，「姊，這樣眞的……眞的很丟臉嗎？」

漆黑之中，楚文昕看不見對方，卻聽出了他聲音中隱忍的哽咽。

楚文昕嘆了口氣。

「這有什麼好丟臉的。他們什麼個性，你還不知道嗎？別聽他們的。況且你是我的家人，就算丟臉又怎樣？」她的手摸黑往下伸去，在小弟頭上狠狠揉了一把，「家人永遠都是家人，無所謂丟不丟臉。」

兩天後的週六，楚文昕開車載著楚佑廷一起回去了，還順便買了午餐。

一家四個人坐在客廳裡，安安靜靜地把飯吃了，氣氛好似弔喪。

楚媽媽先打破沉默，大概決定先從破壞力沒那麼大的事情聊起，對楚文昕問道：「妳怎麼就跟劉醫師分手了？」

主因當然是劉思辰與第三者發生了一夜情，可這是兩人之間的事情，且都過去了，楚文昕一時不知道要不要說。

見她無話，楚媽媽又循循善誘：「是又吵架了嗎？劉醫師脾氣好，妳好好道歉就是了，年輕人不要動不動就說分手。」

真不愧是親媽，二話不說就先讓她道歉，千錯萬錯必定都是自己女兒的錯。

楚文昕淡淡道：「媽，我和他不可能了，妳不用再提這個。」

這個話題直接被聊死，楚媽媽也只好轉向了最疼愛的小兒子，小心翼翼地問：「佑佑，那你呢？你都有女朋友了，前幾天那個男孩子是怎麼回事？」

楚媽媽產生的疑問和楚文昕其實差不多，楚佑廷支支吾吾地一一解釋了，澄清了蔣萍只是他請來幫忙蒙混過關的朋友。

也就是說，這點「家醜」已經「外揚」了，至少蔣萍是知情的。

楚爸爸爆發了。

「你這像什麼話？知不知道什麼叫丟人現眼？你要是不悔改，我沒你這種兒子！」他一轉頭，連楚媽媽都罵：「就說妳把孩子慣壞了，妳不信！現在好了吧，什麼噁心事都做得出來！」

楚佑廷被罵得臉色蒼白，楚媽媽則沉默地紅了眼眶。

楚爸爸狀況也不是太好，似乎氣到胸口發痛，從口袋摸出了一顆白色的藥錠吃了。

楚文昕從沒聽說父母親現在有什麼疾病，見狀皺眉問道：「你吃什麼？」

楚爸爸聞聲瞪了過去，沒有回答，反而將炮火轉向了她。

「妳也一樣！都快三十歲了還在幹什麼？恨不得別人笑妳嫁不出去是不是！而且妳是不是早就知道了？跟妳弟弟一起欺騙糊弄我們！」

無端被遷怒的楚文昕怒極反笑，耐性徹底耗盡，不想再談。她直接起身，對楚佑廷問道：「我走了。你要跟我回去，還是留在這裡？」

楚佑廷忙道：「我跟妳回去。」

見姊弟倆一前一後、頭也不回地往大門走去，楚爸爸猛然站起怒吼：「去哪裡？都給我回來！」

楚文昕才不理他，然而快走到玄關的時候，背後卻響起了一道重物倒地的悶響，而後是楚媽媽驚慌失措的喊聲。

「老公？老公！」

楚文昕倏然回頭，只見楚爸爸無聲無息地倒在茶几旁的地上。她心頭一緊，疾步回到父親身邊，蹲下來檢視情況。

楚爸爸的呼吸淺快，手腳冰冷冒汗，似乎已經沒有意識。

楚文昕一邊把人放平，一邊迅速地對有點嚇呆的楚佑廷說：「叫救護車！」

「好、好！」

至少呼吸脈搏都還在，楚文昕飛快地思考，而後想起了什麼，伸手探進楚爸爸的口袋，摸出了一個深棕色的小藥瓶，上面寫著：耐绞寧。

也就是硝化甘油，俗稱的救心藥。

「家族裡有心臟病史嗎？」前來問診的心臟科醫師這樣問道。

楚文昕搖了搖頭，「沒有。」

此時，楚爸爸正躺在醫院急診的一張病床上。他狀況已經穩定了下來，沉默地板著一張臉。

因爲楚文昕的關係，整個就醫流程非常及時，送入急診後也診斷得很快——楚爸爸服用了硝化甘油，造成血管擴張，血壓在短時間內急速下降，以至於暈厥。

他進急診後立刻吊上了點滴，掛一包水，把血壓給打上來，很快便脫離了危險，沒有走到休克的地步。

「心電圖、抽血報告、胸部X光顯示都正常，」心臟科醫師又問：「應該沒有心臟問題，怎麼會吃這個藥？」

楚媽媽紅著眼眶說：「他這陣子常常覺得胸痛，去診所檢查不出問題，醫生就開了這個……」

楚文昕聞言皺起了眉頭。

胸部絞痛的原因有很多種可能，最怕的就是心臟血液供應不足、心肌缺血造成的心絞痛。因爲這有可能是動脈管壁狹窄或堵塞，有機率演變成心肌梗塞，危及生命。

硝化甘油便是心肌梗塞的應急用藥，它能立即性地使血管舒張，附帶導致的作用就是降低血壓。

可能是鄉下的診所醫師不太可靠，檢查不出結果，但又怕萬一，就姑且給人開了這個藥。

楚爸爸平時血壓本就偏低，這樣亂吃就吃出問題了。

想起父親一板一眼的性格，還有吃飯快速的飲食習慣，楚文昕又問：「有沒有可能是胃食道逆流？」

胃食道逆流的典型症狀是「火燒心」，痛感部位幾乎一模一樣，就在胸口與心臟，非常多病人都會把它與心絞痛搞混。

心臟科醫師點點頭，「不是沒有可能，我們會再照會腸胃科。」

疾病從「心臟」轉移到「食道」，聽起來莫名就讓人鬆了口氣，覺得沒那麼要命嚴重了。

但顯然誰都不能慶幸得太早，有了正確的方向後，經過一系列的檢查，腸胃科的薛醫師很容易地診斷出結果了，「是胃食道逆流沒錯，除此之外，恐怕還有食道癌。」

楚爸爸直接住院了。

隔著一面玻璃，楚文昕望著X光室裡面，正躺著照電腦斷層的父親。

人們很常覺得自己做好了準備。她想：然而生離死別真正到來時，卻總是仍令人措手不及。

不用管是兒子還是女兒，性向男或是女，這些事情都太渺小、太微不足道了，讓人幾乎對自己感到困惑，不懂先前到底都在固執地吵些什麼。

在生與死的面前，一切都是那麼公平。

大姊二姊接到消息也趕來了，楚媽媽與三姊弟都一臉擔憂恐慌，氣氛很沉重。

和楚文昕不一樣，「癌症」兩字對楚家其他人來說，都太過虛幻遙遠了，誰也沒想過這件事會忽然落在家人身上，還是一向剛強威嚴的父親身上。

這種時刻，似乎只剩下楚文昕能支撐著他們了。

大概是楚文昕在最初的急救與後來的診斷，都表現得特別專業，楚父楚母這才終於對她的醫師身分有了實感，意識到了三女兒的可靠。

也可能是在疾病之前，無論是誰都得收斂，那些爛帳暫時都沒人再提了，家裡原本緊張的關係，反倒一時緩和了些。

但楚文昕其實很疲憊。她本就忙碌，現在一方面要工作，一方面得顧著父親，一方面還要不停與薛醫師跟進檢查進度與治療方向。

無論她再怎麼理智專業，「父親得了癌症」對她來說也同樣是個打擊。然而也只有她不能顯露出情緒，否則家人只會更加驚慌憂懼。

楚爸爸住院四天後，周丞來了。

實在不能怪他這麼晚來，主要是楚文昕根本沒跟他提這件事，也不曉得他是從哪裡聽說的。

「妳怎麼都沒告訴我？」他跟在她的身後，眉頭緊蹙。

現在是上班時間，周丞還穿著警服，看起來是趁空檔來的。

楚爸爸的檢查報告剛剛出來了，楚文昕正要走去腸胃科病房看，尚不知道結果如何，心情有點緊繃，木著一張臉，「我以爲你很忙。」

周丞嘆了口氣，無奈道：「再怎麼忙，也不至於沒空聽妳說啊。」

他腰際的對講機從剛剛就隱約有說話聲，這時有人叫了他一聲。

周丞皺眉，邊走邊拿起來回應。

「什麼事？」

「好，知道了，晚點再說。」

「再等我一下，我等等就回去……」

可能是心情太灰暗了，楚文昕有些刻薄地心想：聽我說了又怎樣呢，反正不也是沒空陪我嗎，有什麼差別？

不過她理智尚在，自己打住了，什麼都沒說。

到病房時，與他們約好的薛醫師還沒來，周丞自知身穿警服十分顯眼，一時猶豫不知道要不要進去，楚文昕卻說了沒關係。

於是兩人一同走進病房，周丞與楚家人略略點頭打過招呼，便先站在一邊，沒有說話。

因爲今天約了討論病情的關係，楚家人全員在場，包括父母與大姊、二姊、小弟。一家人疑惑地往周丞看了幾眼。

楚媽媽先問了比較關切的事情，「薛醫師呢？還沒來嗎？」

「可能門診延誤了，再等一下吧。」

楚媽媽點點頭，「那這位是……」

楚文昕本就有想順勢介紹的意思，直接道：「是我男朋友，他叫周丞。」

一家人驚了。

三姊弟倒是沒覺得如何，回神後就起身與周丞相互介紹認識，楚父楚母卻皺起了眉頭。

周丞靜靜站在那邊，就是一位沉穩可靠、一表人才的警官，很容易博得他人的好感。但身分一變成女兒的新男友，就完全是兩碼子事了。

楚媽媽愣神一會兒後，下意識問道：「可妳和劉醫師……」

楚文昕沒想到老媽還惦記這一樁，立刻撇清，「就說早分手了，分很久了。」

「你是警察？」楚爸爸擰眉瞪眼，語氣嚴厲，「警大還是警專出來的？在哪邊任職？現在幾歲？交往多久了？」

這人都生病了，架子倒還是挺大，安分不過幾天，現在又發作了，語氣非常咄咄逼人。

周丞還沒回答，楚文昕就先受不了了，壓著脾氣說：「他不是犯人，不要這樣審問他。」

「不是，文昕，我們是爲妳著想。」楚媽媽也遲疑道：「警察……薪水高嗎？而且工作很忙又很危險吧？」

也許是不能忍受周丞受到這樣的否定，楚文昕心頭一陣火氣來得又快又突然。

「為我好？」她輕聲複述，後又一字字道：「刁難我的對象，是為我好？硬逼著佑廷悔改，是不是也是為他好？你們從來只在乎面子，在乎外人的眼光，在乎我們有沒有讓你們丟臉，我喜不喜歡、快不快樂，你們真正在意過嗎！」

她以為父親聞言又會發火怒吼，然而也不知是不是一時被驚呆了，這會兒竟然沒有立即回應。

她張口還欲再說，周丞這時卻拉住了她的手，低語道：「別這樣。」

手腕傳來的溫度，稍稍拉回了楚文昕的理智。

她閉了閉眼，半晌撂下一句：「我去看薛醫師來了沒。」

語畢，她便扭頭出去了。

周丞與幾個人點頭致意，跟著追了出去。

楚文昕沒走得太遠，就靠在不遠處的牆邊站著而已，臉色陰陰沉沉的。

見周丞過來，她沉默了一會兒才開口：「……抱歉，他們一直是那樣，認知有點問題，你別放在心上。」

「沒事，妳還好嗎？」

「我很好。」楚文昕反射性地、幾乎是防衛性地回答，答完又問：「被那樣子問，你都不生氣？」

「我沒關係。」周丞搖了搖頭，看起來是真的不介意。他遲疑了一下，有些欲言又止地勸道：「那畢竟是你父母，而且還生病了，妳……別這樣。」

楚文昕心情太差了，現在就是個火藥庫，一點就炸，周丞在這種時候不與她站在同一陣線，無疑又添上了一把火。

「你懂我什麼？」她的語氣太尖銳了，像是能把人刺傷。

她看見周丞眼中的訝異，理智在尖叫著讓自己停下，可是沒能成功。

「你可能在溫暖美滿的親情下成長，覺得世上的父母都是爲了小孩好、都值得人尊敬，在我這裡不一樣。你不明白我們家的狀況，有什麼資格念我？你了解什麼？」

這是楚文昕第一次、眞正意義上地對他發火。

周丞沒有回話，但眼中的情緒是立即性的，話一說出口的瞬間，楚文昕便在那雙素來明朗的雙眸中望見了悲傷。

她幾乎立刻便感到了後悔，卻仍太遲了。

「妳說得沒錯。」良久，周丞說道：「我的確不了解。」

周丞走了，倒不是眞的被氣走或是怎樣，只是本就有公務在身，便先回去處理，臨走前還在走道與劉思辰擦身而過。

周丞沒察覺，劉思辰卻注意到了那一身警服，多看了一眼，而後才走向站在原地發怔的楚文昕。

「……你幹嘛？」楚文昕身心俱疲，實在沒法維持住客氣，口氣不是太好。

劉思辰卻不介意，「我來探望叔叔。」

「你不用這樣，我已經跟他們說分手的事了。」

「我和叔叔阿姨也認識很久，去看看是應該的。」

楚文昕拗不過他，正好薛醫師也來了，三個穿著白袍的人一起進了病房。

食道癌的死亡率不低，因初期症狀不明顯，發現時大多是晚期了，所以預後很差。但因爲楚爸爸吃錯藥昏厥，歪打正著進了醫院檢查，確診得早，檢查結果確定目前尚在第一期而已。

薛醫師表示：「病灶範圍目前看起來還侷限在黏膜肌肉層內，我建議內視鏡下局部切除就可以了，功能都能保留。」

那些專業術語楚家人聽不太懂，楚文昕便幫忙翻譯了，總之就是腫瘤還小，切完住院幾天就沒事了，也不用化療放療或食道重建。

籠罩在楚家人身上的那陣陰霾，終於稍稍散去了。

離開病房後，楚文昕打算順便去口外查房，劉思辰不知爲何沉默著跟在背後。

「……又幹嘛？」

劉思辰停頓了好一會兒才開口，聲音遲疑且低落，「他……是妳跟我分手的原因嗎？」

楚文昕與小警察交往的事情，醫院許多員工都知道，劉思辰當然也聽說了，那個「他」指的是誰，不言而喻。

望著他面上的失落，楚文昕實在不知爲什麼事情會搞成這樣，一直掰扯不清道理。

「不是。」她深深嘆了口氣，指了指不遠處正朝這裡偷瞄的陳薇茜，「記得嗎？她才是。」

劉思辰望過去一眼，如燙到一般又收回了視線。

「我還是沒辦法原諒。」楚文昕頓了頓，「但你說的那些話，現在我可以理解一點了。」

過去與現在的記憶交錯在一起，她想起劉思辰對她冷漠無情的指控，亦想起工作繁忙、很難有空陪著自己的周丞。

劉思辰出軌的舉動的確傷害了她，然而她長久以來的漠視與不關心，無疑也讓劉思辰並不好受。

感情上的對錯本就難以辨明，四年又委實是一段太長的時間，他們大概永遠都沒法眞的算清，究竟是誰傷害了誰、誰虧欠了誰更多一點。

也或許他們誰都沒有錯，只是……眞的不適合彼此罷了。

「我已經不生氣了，思辰，那些事情我已經可以全部放下。所以，我眞心祝福你。」楚文昕望著這個曾與她共度四年光陰的男人，一字字輕聲道：「我們都向前走吧，好嗎？」

第十章

喪子已過去兩個月，葉媽媽猶在四處奔走。

她把家裡的狀況全部和那些記者說了，新聞也報了幾回。

網上風向很兩極，有人罵她教出了這種敗類，把警察打成植物人，有人罵葉至良自己選擇作奸犯科，死了就不要怪別人；卻也有人表示同情，說葉至良出身單親家庭，成長環境窮困複雜，二十歲就去世，委實可惜，而葉媽媽一人拉拔兒子長大，已是不容易。

又有人批評，葉至良的背景太狗血，每個罪人都推託給從小家庭破碎、經濟逼迫，這世上哪那麼多可憐人？不過都是打打同情牌，老梗。

可他們沒有想過，要不是眞的被逼得沒有辦法了，誰又甘願選擇在刀尖上過日子？

葉媽媽看著這些評論，心如刀絞。

她自認不是什麼極度純良的老百姓，她會在紅線上停摩托車，會在地上撿到零錢後竊喜地收進口袋，會在市場和人粗聲粗氣地殺價，殺不贏也得硬拗對方送一把蔥。

但她不曾眞正做過什麼大奸大惡之事，因此也不相信自己的兒子會是什麼大奸大惡之人。

如果葉至良未死，事後採訪他，也許他會哭著說他很後悔，說他失控了，其實當時他也很害怕，不知如何是好，才下手下重了，也不能說是不小心，但確實不是蓄意想殺人……誰知道呢？

也許問他當時在想什麼，他會說，自己只是不想被抓，想回家而已，想帶著錢回家而已。

葉至良去世的前一天，離家前，還曾笑著和她約定。

「媽，過兩天我工作發薪水了，會有很多錢，到時候我去市場買一整隻雞回來。」

當時，葉媽媽才不信，不認爲兒子這副不成器的模樣，能有什麼「掙很多錢」的工作，遂只是沒好氣地隨便應了一聲。隔日清早上菜市場時，覺得兒子大概是想吃雞肉了，就買了塊腿排肉回來。

那天，煮好的雞肉在桌上放到徹底涼了，都未有人回來吃。

有人覺得葉媽媽在做戲，這個嗓門又大又土、沒念過什麼書的大嬸不擅長說話，蠻不講理的形象讓人全無好感。

葉媽媽的哭聲確實很浮誇，像個潑婦，沒多少人相信她的眼淚全是眞心的。

她的確不懂得什麼道理，也並不清楚兒子到底都做過些什麼，在她眼中，事情就是她的兒子昨天好好地出門，再聽到消息時，就已經被警察一槍打死了。

而後，根據警方與媒體的陳述，世人逐漸將他的兒子妖魔化，成爲了心狠手辣、冷血殘暴的形象。

她不懂那些彎彎繞繞，就是無法接受，僅此而已。

然而新聞的熱度似乎漸漸消退了，罵的人或同情的人漸漸都少了，沒什麼人再談葉至良了。

葉媽媽覺得無助且恐慌，她四處求助，但不論去到哪，詳細了解事情經過後，幾乎每個人都對她擺擺手，告訴她這告不成。

也有比較熱心的人反過來勸她：「大嬸，妳也別折騰了，乖乖等檢察官調查結果吧，吵這些都沒有用，何況本來就是妳兒子不占理。」

葉媽媽目露茫然，「可是、可是之前網路上也很多支持的人啊。」

「大嬸，我講句難聽的，」那人嘆了口氣，「大部分人都是湊個熱鬧而已，沒有誰是眞心在意。支持或批評的人都一樣，很多都等著看妳笑話而已，笑完轉身就去過自己的生活了，誰會把這件事放在心上啊？」

葉媽媽很絕望。

儘管絕望，但她仍不願意放棄。她印了上百張傳單，成天在大馬路上分發，替自己兒子喊冤，想討公道。

一些人給她白眼，一些人跟她說了加油，更多的人是看都沒看一眼就冷漠地走過。

一天正中午時，她在大馬路上被大太陽曬得有點頭昏，一位路過的年輕小姐面露不忍，遞給她一瓶水。

「阿姨，您要不要休息一下？」小姐接過一張傳單，看了看，沒有表態，也許並不支持她與警察抗爭，卻仍安慰道：「您節哀，好好保重。」

葉媽媽心口一酸，道謝過後在路邊的長椅上坐下來，喝了幾口水，沒休息多久便又起身準備繼續忙碌了。

忽然，一陣尖銳的剎車與鳴笛聲響起，葉媽媽聽見了路人隱約的驚呼，疑惑地回身，看見高速朝自己撞來的龐然大物時，已經太遲了。

那瞬間，她幾乎沒能搞清楚發生了什麼事。

視線一陣劇烈晃蕩，她的身子高高飛起。

在最高處時，她望著湛藍無雲的晴空，不由自主地覺得自己離天空好近。

「砰」的一聲落地後，葉媽媽似乎並未感覺到疼痛，但聽見了周遭的各種嘈雜聲響。

一地血泊以她爲圓心，緩緩散溢開來。

她倒臥在柏油路上，微微側頭望去，肇事的駕駛下了車，一臉驚慌地朝她跑來，看著頗年輕，和她兒子也許差不多歲數。

她的面上鮮血汩汩流出，滑入了眼眶，染紅了視線，後又從眼角流下，猶如一行血淚。

黑暗將她徹底吞噬之前，葉媽媽心想：至良，媽媽是眞的沒有辦法了，但媽媽可以去陪你。

警察每個月都有體能訓練的勤務，周丞與幾位員警這回被編排去了柔道課。

溫習過幾個基礎動作之後，暫時進入兩兩對練，周丞與蕭任尹一組。

周丞似乎心情不太好，下手沒留情，一個標準的大外割將蕭任尹一次次撂倒在地上，把人摔得眼冒金星。

「兄……兄弟，你克制一點。」

片刻後，蕭任尹又一次被摔在軟墊上，撞得頭都有點暈了，被周丞壓制著，一時半會起不了身。

周丞頓了一下，這才忽然回神，不過也沒馬上鬆手，按著人說道：「還不跪下叫爸爸？」

蕭任尹從善如流，「爸爸。」

「志氣呢？」

「被你摔地上了。」

「……好吧。」

周丞把蕭任尹拉起，然後兩人暫時休息了下。

「你怎麼了，有心事啊？」蕭任尹觀察了他一會兒，「該不會和女朋友吵架了吧？」

周丞斜眼望他，「你又想被摔地上嗎？」

「……別。」沉默一會兒後，蕭任尹嘆了口氣，語氣認真，「吵什麼啊？又被嫌棄職業嗎？說你太忙，都不陪人家？」

「我想也有一部分吧。」周丞思考著說：「約會時我常常在接電話，有幾次忽然有突發狀況，還半途離開。還有最近，她爸爸生病了，我甚至沒辦法陪她聽完病情。」

「那眞的挺糟糕的。」蕭任尹一臉慘不忍睹，「等一下有空，趕快去死纏爛打一下啊，用你那張臉說幾句情話，誰還受得了?告訴她，撐過基層這幾年以後，會慢慢好轉的啦。」

周丞只是苦笑，「希望是這樣。」

課後，幾個人回到派出所，周丞接了通電話，是分局長打來的。

「分局長，」周丞先打了個招呼，「怎麼了嗎？」

「……也沒什麼事，你們派出所那邊都還好嗎？」分局長的語氣不太對勁，聽起來帶著憂慮。

「都挺好的。」周丞不解地反問：「什麼意思？」

分局長遲疑了一下，沒有回答，轉而道：「沒事就好，你最近別太常出去，可以先做做內勤就好，或者乾脆休假也行，反正你暫時先……」

周丞一下子愣住，回過神來後，眉頭緊皺，顯然無法接受，「分局長，我不懂，是我做錯了什麼嗎？」

電話那頭陷入了一陣沉默，好半晌，才傳來一聲嘆息，「葉至良的母親去世了，你知道嗎？」

周丞腦海一空，陷入一陣冗長的驚愕。

「爲什麼？發生了什麼？」他問得幾乎語無倫次，「誰把她……」

「沒有誰，就是不湊巧，在路上被車撞了。」

分局長把事情說清之後，周丞慢慢冷靜了下來，「可是這和我有什麼關係？」

他這問句沒有冷血無情的意思，只是單純不解。

「沒有關係，你我都知道沒有關係，可是媒體不見得會那樣想。」分局長似乎也爲此很煩躁，「一個單親母親爲了二十歲就去世的獨生子四處奔走討公道，過程中不愼被車撞死——誰知道他們會怎麼寫？你知道她倒在路邊時，滿地還散落著爲兒子喊冤的傳單嗎？人們總是同情弱者，誰在乎道理跟對錯？」

周丞的指尖開始有些發冷。

幾乎每分每秒，他都在做自己認爲正確的事情，以這身制服爲榮，全心全意，不求回報，然而做正確的事情……怎麼就那麼困難呢？

「葉至良的案子，上面都認爲檢察官不會把你起訴，但你也不能給人留下話柄，最近低調一點，別讓記者堵到你。」

大概覺得口氣嚴厲了些，分局長最後又安慰道：「你也不用太緊張，等風波過了就好了，會沒事的……」

文昕的父親開完刀了。

薛醫師表示，手術很成功，再住院一個禮拜觀察看看，確認沒什麼問題就能出院了，之後定期複診即可。

術後隔天是週日，楚文昕休假。

早上她去醫院探望了下父親，眼見沒什麼問題，且母親和小弟都在，沒待很久便打算回去了。

她開車駛離醫院時，正好在路口見到熟悉的身影——穿著警服的周丞。

似乎是有位視障者在過馬路時被騎腳踏車的路人撞倒了，還好雙方看起來都沒有大礙。周丞從中調解完後，扶著那位視障者一步一步、非常緩慢地過了馬路。

等紅燈時，楚文昕在車上出神地凝望著那道筆挺的身影，直到號誌轉成了綠燈都沒發現，還是後面的車叭了好大一聲，才讓她猛然回神。

周丞亦聽見了喇叭聲，轉頭望來。

不知道是不是錯覺，楚文昕總覺得他直直望著自己，但又有些難以辨明。

她收回目光，踩下油門，開車遠去。

他倆一個多禮拜沒聯絡了。

自那天不歡而散後，他們就陷入了這種類似冷戰的狀態，其實彼此應該都沒有多大的火氣，不過可能是都太忙了，竟就這樣膠著了這麼多天。

楚文昕還挺宅的，以前假日可以不幹什麼就在家裡待上一整天。然而也不曉得是不是與周丞冷戰的緣故，今天她卻覺得難熬、坐不住。

於是她又出了門，自己開車去了靶場。

周丞不在，爲了安全考量，老闆不可能放她這個菜鳥自己亂玩，在楚文昕打靶時全程陪同，時不時出聲指點。

楚文昕什麼都沒說，一直到槍枝歸還、準備離開的時候，才終於忍不住開口問了：「叔叔，您知道周丞……家裡的狀況嗎？」

她問得很含糊，其實也不太確定想得到什麼答案。

「妳是問他的父母嗎？」老闆恍然道，見楚文昕點頭，他又問：「妳是他女朋友吧？他沒告訴妳嗎？」

不祥的預感越來越濃烈，楚文昕吶吶道：「我沒有問過。」

老闆嘆了口氣。

「這不是什麼祕密，我可以告訴妳，但妳也別和小周提。」他停頓了下，像在組織著措辭，慢慢地說：「也不是多複雜的故事。他父親是個了不起的刑事警察，卻在一次攻堅任務中不幸殉職了，那時小周才……國中而已吧。」

一種冰冷的悶痛感自楚文昕的胸口擴散開來，好半晌，她才又艱澀地問道：「他母親呢？」

「他母親從那時就得了憂鬱症，有陣子發作得特別厲害，得靠藥物控制……近況我就不清楚了，我也不好問他這個。」老闆沒注意到楚文昕蒼白的面色，繼續道：「小周這孩子是我看著長大的，他不容易，妳和他好好過，多體諒體諒他……」

後半段楚文昕沒能聽清楚，她現在感到有點暈眩。

那時候，她衝他說了什麼？

她都說了些什麼？

周丞憂傷的眼眸在她腦中浮現，略帶苦澀的聲音又一次響起。

「我的確不了解。」

如果能回到過去，楚文昕眞想回去打自己一巴掌。

晚上，楚文昕接了通電話。

蘇琇劈頭就說：「妳的小男朋友讓我來問妳到家沒，還讓我別說是他問的。」

「那妳現在在說什麼呢？」

「哎喲，我這不就看你們疑似有狀況，特地幫忙讓你們破冰嗎？」蘇琇語氣似乎有邀功的意思，「不必謝，我就是如此善良且貼心。」

「妳也是自我感覺挺良好的……」吐槽到一半，楚文昕想想不對，又問：「等等，他怎麼會聯絡妳？妳和他認識？」

「妳終於問到重點了。」蘇琇彈指，「妳記不記得上次我去你們醫院，車子差點被拖吊？那時周警官路過，大概聽到我喊妳名字了，就走過來，讓人別拖我的車。」

「然後呢？」

「然後他就跟我聊哇，很苦惱的樣子，說他想追妳但感覺不太容易啊，就問了我一些妳的事情。」

楚文昕語氣有點不可置信，「妳就爲了車子把我賣了嗎？」

「欸，講那麼難聽，我這不是也覺得他看起來不錯嗎？而且我也沒講什麼，我哪有那麼大嘴巴？就稍微提了提妳的喜好而已……」

「什麼喜好？」

「哦，我就說妳雖然看起來高冷，其實小女生喜歡的東西妳都喜歡，比如說鮮花什麼的，我建議他可以試著投其所好……」

楚文昕差點被氣笑，「然後你們就達成了黑暗的交易？」

蘇琇幽幽道：「沒，結果話一問完，他轉身又給我開了張罰單。」

眞是神轉折，楚文昕錯愕過後噗哧笑了出來，「那妳還幫他啊？」

「當下是挺不爽的，不過回頭想想，如果他眞的假公濟私地省了這張罰單，才是人品有問題吧？」

也是，他不是那樣的人。

楚文昕笑了笑，「妳跟他聯手這麼久，怎麼現在出賣他了？」

「哎呀，我不是要出賣他的意思，我想說的是，他其實對妳費了很多心思，人眞的挺不錯的。妳爸剛生病那陣子妳心情不好，也是他自己發現了，主動問我，我這一個旁觀的人都有點感動了……總之，妳生氣也別氣太久啊。」說著說著，蘇琇又疑惑道：「話說你們吵什麼？他看著不像是會跟妳吵架的人啊，又不是那個大男人主義的老劉……」

「沒有吵，是我不對。」

蘇琇聞言很驚訝，「哇哦，竟然也有我們文昕主動找事的一天嗎？」

「是啊。」楚文昕嘆了口氣，「我大概被魔鬼附身了。」

局長讓周丞盡量低調，若非必要，他就盡可能減少了出門的次數，不過仍打算每週去探望邱以軒一次。

去醫院時，他走的是側門，以爲已經足夠隱蔽，未料還是小看了無孔不入的記者，甫一踏入院區，就在側門外被蜂擁而來的記者團團包圍。

「周警官有聽說葉媽媽去世的消息嗎？」

「現在調查的進度到哪邊了呢？有把握不被起訴嗎？」

「周警官依然覺得開槍時機正確嗎？」

周丞不是沒受過採訪，他是所長，勤區內一有什麼特別事故，就得在第一線回應媒體訪問，他也一向都應付得很好。

可也許是這幾日實在太過心累，加上這些記者來意不善、言語刁鑽，周丞此刻完全不想回話，沉著臉排開人群逕自向前。

一道聲音又高聲地提問：「周警官對於葉媽媽過世有什麼看法？是不是覺得鬆了一口氣？」

一直不予以回應的周丞忽然頓住了步伐，像是再也忍受不了地閉上了眼。

「你們……」他的雙拳緊攥，指甲掐入掌心，「你們到底……知不知道自己在說什麼？」

這種時候，任何回應都不會正確，任何回應都能讓這些想要熱度想瘋了的記者見縫插針、搧風點火。

閃光燈瘋狂閃爍。

「周警官是否認的意思嗎？」

「周警官會去葉媽媽的靈堂致意嗎？」

「周警官……」

胸腔中的怒火終要壓抑不住，周丞雙目赤紅，正欲發作，一道清冷的女聲在此時突兀地響起。

「讓開！」

周丞與記者們俱是一愣，人群中有人似乎被誰推了一把，那記者搞不清狀況，瞎喊了聲：「警察打人！」

周丞沒理會那人，他怔怔地望著一道纖瘦的白色身影，排除重重阻礙，無比堅定地、強硬地，走到了他面前來，牽住了他的手。

「我不是警察，」楚文昕擋在周丞面前，神情冷若冰霜，那氣勢太強悍，幾乎令這些記者不自覺地瑟縮了下，「我是醫生。」

楚文昕讓保全擋下了記者，而後牽著周丞一路走回了科內的休息室。

周丞乖乖被牽著走，問都沒問一聲，好像不論她要帶他去哪裡都願意，像隻聽話的狗狗。

關上休息室的門，楚文昕正要回頭說話，一雙臂膀就先伸了過來，從背後擁住了她。

「我以為……」周丞抱得很緊，頭埋在楚文昕的肩窩上，聲音悶悶地傳出來：「我以為妳不想理我了。」

楚文昕微微一愣，伸手摸了摸他毛茸茸的腦袋，正想著該怎麼道歉，周丞卻又先說：「對不起。」

楚文昕頓了下，輕聲問道：「為什麼道歉？」

「那是妳爸爸，妳一定已經很難過了……我不該多嘴的。還有我工作的關係……對不起，沒能常常陪著妳。」

聽著青年嗓音中的內疚，楚文昕感到有些心疼，更加覺得自己真是差勁得可以，「周丞……」

周丞沒理她，又自顧自說：「我不會一直只是所長，撐過這一兩年……會好轉的。對不起，妳再等等我……」

「周丞。」

周丞停了下來，「唔」了一聲。

「你別道歉了，是我不對，那時候是我自己情緒不好……亂說話了。你把那些都忘了吧。」

衝突爆發得那麼突然，和好卻也如此容易。

周丞窩著沒動，一陣沉默之後，忽然很突兀地笑了起來，楚文昕都能感覺到他在自己肩膀上的抖動。

「妳剛剛好帥啊。」

他指的是方才面對記者的時候。

「別調侃我了。」楚文昕轉過身，終於能看著周丞，就見青年的氣色並不是很好，眼睛透著血絲，看著有些疲倦憔悴，「那些記者是怎麼回事？」

「沒什麼……葉至良的母親意外去世了，他們想問我的看法。」

楚文昕聞言嘆了口氣，「又是這對母子。」

「應該的。」周丞的手依舊環著楚文昕，垂著眼簾，「畢竟是一條人命……現在是兩條了。」

一雙微涼的手伸了上來，一左一右貼上了周丞的臉頰，把他向下的視線扳正。

「周丞，我們都只是凡人。」楚文昕與他四目相交，一字字道：「以凡人來說，你已經做得很好了。」

周丞一時愣怔，初遇那一夜的對談突然浮現腦海——同樣是楚文昕，比他自己都還要篤定地說著他沒有錯，讓他不要責怪自己——與現下竟莫名相似。

然而，當時彼此之間始終維持著一段客氣而禮貌的距離，對比現在的緊密相貼，又是那麼不同。

半晌，周丞終於笑了起來，「妳的手好冰啊。」

見他一貫的笑容重回面上，楚文昕便放心了，正要把手縮回來，卻反被周丞握住了。

源源不絕的熱度從交握的掌心傳遞過來。周丞嘴角含笑，「有妳在眞是太好了。」

親吻來得自然而然，起初也只是淺嚐，但可能分別了一週，加上方才和好，誰都沒能踩住剎車。周丞伸手扣住了楚文昕的後腰，濕熱的舌尖探入了她的唇縫，與她的勾纏在一塊。

灼熱的呼息交匯融合，不分彼此。

熱戀中的小情侶忘記這裡是公用的休息室，門也並未上鎖，彭淮安好巧不巧推門進來，喊出了一聲響亮的「我靠」，瞬間退出去了。

楚文昕和周丞呆望著被重新甩上的門板，然後又轉回來面面相覷。

周丞揉揉鼻子，「妳同事好像嚇到了。」

一說到同事，楚文昕就想起來了，雖然臉還泛著紅潮，語氣已經轉淡，「說到這個，你要不要交代一下你和蘇琇的事？」

反被老百姓抓包的周警官啞口無言好半晌，「也……也沒什麼事情，就剛好認識了，我就偶爾問她一些事情而已。」

楚文昕涼涼道：「原來她是你的線民啊。」

「哎呀，也不至於到線民，我只是蒐集多點情報嘛。」

楚文昕簡直被他氣笑，「還需要蒐集情報？」

「必須的。」周警官一本正經，振振有詞，「攻堅前的情報蒐集，都是爲了盡可能減少不必要的傷亡……」

「……好了，可以了。」

邱以軒至今仍未甦醒。

他住的是加護病房，與一般病房不在同一處，甚至不同棟樓。爲了重症所需的高度密集醫療照料，這裡二十四小時都燈火通明，充斥著各種儀器的嗶嗶聲，連探視時間都有嚴格限定，氛圍特別壓抑。

與楚文昕分別後，周丞前去探望邱以軒。

這位年輕人依然動也不動地躺在病床上，因爲好一陣子只靠點滴與流質食物維持營養，整個人消瘦到看起來都小了一號，骨架特別突出明顯。

周丞坐在床邊的椅子上，淡笑著，「我眞是被你害慘了。」

他叨叨絮絮地講了些派出所的瑣事、邱以軒父母的近況，然後又回頭碎念，罵他被林帆欺侮那麼久也不知道告訴人，被歹徒暴打也不知道拔槍。

周丞一如往常地說話，邱以軒也一如往常地沒有回應。

能說的事情都說完以後，周丞盯著他看了好一會兒，最後長嘆了一口氣，「快點醒來吧。」

楚爸爸不愧曾是鐵打的軍人，開完刀後一能夠下床，就躺不住似的，推著點滴架晃來晃去，隨著狀況越來越穩定，閒晃的距離也越來越遠了。

這一天，楚媽媽大老遠回家一趟，打算再整理些衣物過來，病房暫時只剩下楚爸爸一個人。

一位護理師走了進來，幫他的點滴加藥。

楚爸爸坐在床緣，大概太閒了，向她問道：「妳知道文昕在哪裡嗎？」

「楚醫師啊？」護理師想了一下，「她應該在口外門診那邊，在隔壁的門診大樓一樓。您要找她嗎？還是我幫您打電話到診間？」

楚爸爸酷酷地說：「沒找，不用。」

「說起來，您眞有福氣啊，有一個這麼優秀的女兒，很以她爲榮吧？」護理師笑著隨口閒聊道，加完了藥，又說：「好了，您休息吧。」

楚爸爸沒說什麼，板著一張臉道了謝，然後站起身，推著點滴架酷酷地走了。

到口腔外科受訓的實習生換了一位，與上一位不論身高、外貌、個性什麼的都沒什麼相似之處，卻有一個共通點，就是都一樣菜。

「學……學姊，我那病人拔完牙，一直血流不止……」

實習生的約診，多半都是很簡單的病例，比如拔除嚴重的牙周病齒，也就是那種本來就搖搖晃晃到快要掉下來的牙齒。

這個病例也不例外，是一位老翁，別科轉來拔除搖晃的小臼齒。學弟見那牙齒搖到不行，感覺挺簡單，便也沒有特別請學長姊來檢查，直接就上麻藥拔掉了。

拔掉問題就來了，明明只是個拔牙窩洞，卻血如泉湧，咬了二十幾分鐘的紗布都還沒見緩。一旁的檢查盤上堆滿了鮮紅的紗布，老翁嘴裡也還咬著一個，同樣完全浸染了紅色。

楚文昕過去後只看了一眼，沒動，轉而點開病歷中病人過去的抽血報告，血小板一欄數值顯示「四千」。

楚文昕一時還懷疑自己是不是太累眼花，少看了一個零，凝神多看了兩秒才確定，還眞是四千。

人體中血小板的正常值應在十五萬以上，小於十萬就被定義爲血小板低下，小於兩萬時，病人啥事都不幹，身上各部位就有自發性出血的可能，而這位老兄——四千。

實習生大概也知道自己犯了大錯，在一旁有點慌。

楚文昕倒沒有當著病人的面罵他什麼，只是坐到了椅子上，一邊戴手套一邊說：「利多卡因再來一管，準備縫合包跟止血棉。」

實習生跑著去準備東西了。

一個小小拔牙窩洞，在合理的處置下，當然不至於釀成多大的事故。

一番處理過後，血止住了，楚文昕脫了手套，交代實習生。

「帶病人去急診輸血，把血小板打高就沒事了。」她轉頭又對老翁說：「伯伯，你之後要去看血液科，知道嗎？你的血小板這樣很危險……」

因為太忙碌了，於是沒有人注意到，楚爸爸捏著點滴架，站在不遠處已經觀望了好一會兒。

他似乎也沒想做什麼，看一陣子後又靜靜地離開了。

回去病房的路上，楚爸爸路過醫院的一樓大廳，看見了一面高高掛起的大紅色布條，最上頭用金字寫著：賀！專科醫師初試甄選通過名單。

下面是十幾個人名，後面寫著科別與一個小小的數字，看起來似乎是分數，由高分到低分，依序從上面排下來。

楚文昕，口腔外科醫師，這行字儼然寫在第一列。

楚爸爸一臉嚴肅地仰頭看了好一陣子，而後拿出手機，不太熟練地對著紅色榜單拍了一張，看了看相片後，覺得不太滿意，又板著一張臉找著角度，拍了第二張。

「哦！今年的紅榜貼出來了。」

兩三個穿著白袍的年輕醫師正好從楚爸爸身旁路過，跟著抬頭看了一下，對話聲傳入楚爸爸的耳中。

「嘩，最上面那個楚醫師，分數也太高了吧？」

「對啊，後面的分數跟她差好遠。」

「眞厲害……」

楚爸爸拍好了第三張，收起手機，面上沒什麼表情，若無其事地打算離去，但在走遠前還是沒忍住，扭頭一臉嚴肅地和他們炫耀了一下，「那是我女兒。」

第十一章

楚爸爸的復原狀況十分良好，又幾天過去後，薛醫師宣布明天就可以出院了。

不知道是不是因爲動過了刀，對人生的看法有所改變，楚爸爸的態度有些微妙的轉變，與子女對話的口吻似乎不那麼強硬了，連楚佑廷出櫃的事情暫時都沒再拿出來責罵。

此外，周丞的勤區最近恰好頗平靜，事情相對少了一點，和楚文昕在一起的時間就變多了，兩人日子過得挺甜蜜。

一切似乎都順遂了起來。

下班時間，螢光色的盧小小又來了。

大概寒假快要結束的關係，他這幾天特別熱衷於志工事務，傳話給楚文昕：

「大姊姊，妳那個同事又說要找妳啦。」

楚文昕正好要去查房，笑笑答道：「知道了，十三樓嗎？」

盧小小卻擺了擺手，「就跟妳說是十五樓呀。」

「你沒聽錯嗎？」楚文昕愣了一下，「一樣是上次那個人，對嗎？」

盧小小肯定道：「對呀，黑黑高高的那個。」

見楚文昕似乎半信半疑，盧小小不依不饒地跟著去了，在後面碎念了一路，「是真的，我沒有聽錯，他就站在樓梯口那邊，說等等上去十五樓等妳，還說有很重要很重要的事情要告訴妳……」

電梯到不了廢棄樓層，他們搭到十三樓出來，路過病房區，走去了底部很角落的樓梯口，但此時樓梯口已經沒有人了。

盧小小想了想，猜測道：「唔，他可能已經上去了？」

楚文昕向上望著陰暗的樓梯間，眉頭皺起，摸出公務手機，直接打給了彭淮安。

「學姊？」

「你找我嗎？去十五樓幹嘛？」

彭淮安似乎呆了一下，「什麼意思？我沒有找妳啊。」

楚文昕也愣了愣，「不是你讓小朋友來找我？還有上一次……」

彭淮安更疑惑了，「什麼小朋友？」

「算了，沒事就好。我先掛了。」楚文昕餘光瞥見盧小小蹦蹦跳跳地往樓梯上跑去，遂也不跟彭淮安再囉嗦，掛掉電話後轉頭就喊：「盧家虹！下來！」

小朋友腳程好快，也不曉得跑去哪了，可能沒有聽到，樓梯間安安靜靜的。

十四與十五樓無人使用，不會開燈，滿地堆放著大大小小的雜物，楚文昕不放心小朋友這樣亂跑，蹙眉跟著上去了。

踏上十五樓的走道時，依然沒有看見盧小小的身影，到處都黑漆漆的，只有應急照明燈的綠光將整層樓打得慘綠陰森。

若這裡是什麼陰暗的巷弄街邊，楚文昕必定會提高警覺、感覺到不對勁，可這裡是醫院，猶如她的第二個家，太熟悉了，以至於她不曾有所警惕。

「盧家虹？」

她又往前走了幾步，一抹螢光色出現在地上的雜物間，躍入楚文昕的眼簾。

盧小小躺在地上，沒有聲響。

楚文昕心中警鈴大作，卻仍太遲了，襲擊來得太過凶狠突然，「咣」的一聲，一陣劇痛在她的後腦猛然炸開。

倒地時，她只來得及瞥上那麼一眼，在黑暗中，隱約看見了身後那人陰鷙暴戾的眼眸，及黝黑的膚色。

漆黑席捲，失去意識前，她腦海不自覺地浮現了一個念頭：對啊，彭淮安的膚色其實也沒多黑。

正兩層樓下方，口腔外科的病房中，沒人知道樓上發生的一切種種，醫護人員仍尋常地工作、照料著病患。

「護士小姐。」

陳薇茜在日常巡房給藥時，忽然被一位病人的家屬叫住。

病床上是一位年邁的老翁，昨日才剛大手術完，止痛藥尚給得很強，人還昏昏沉沉的，不是很有精神。陪床的是一位老太太，是老翁的妻子。

「怎麼了？」

老太太問道：「你們這裡太冷了，我給我老伴帶了電熱毯，可是你們的插座都插滿了，有沒有哪個是可以拔掉的？」

一般來說，病房禁止病人攜帶電器，但陳薇茜覺得這也不是不能通融的事情，醫院的確很冷，她感到有點同情。於是她很貼心地說：「好，我幫您看看。」

最後，一個不重要的儀器被拔掉了插頭，陳舊的電熱毯接上了電，在老翁身上穩定地升溫。

派出所今天的氣氛有些緊張。

經過這麼久的搜查與反覆確認，黃笙所屬的販毒集團，最後一個主要據點位置終於被鎖定，攻堅日期就在今天。

雖說此次攻堅任務由霹靂小組負責，與周丞他們沒有直接相關，不過都是警察同僚，難免會互相關切。

一直到太陽即將下山時，攻堅任務完成的消息才傳了過來，現場搜出大量安非他命、十來把改造手槍與近百發子彈，逮捕十四名嫌犯，沒有重大傷亡。

過程可謂順利，結果可謂圓滿，卻只有唯一一個讓人扼腕的部分——那十四名嫌犯裡面竟不見黃笙。除此之外，還有黃笙的兩個小弟也不見蹤影。

十四名嫌犯皆不清楚黃笙的去向，表示好幾天沒見到他了，但也想不透對方還能去哪裡，畢竟這個集團的據點這陣子已被逐一擊破，這是最後一處了。

周丞蹙著眉頭，心頭總有一種隱約的不安。

這時外面傳來一陣喧鬧的聲響，打斷了他的思緒。他走出辦公室，就見兩名員警各自押著一胖一瘦的兩個男人走進了派出所，最後面還跟著一位灰頭土臉的青年。

「怎麼了？」

「所長，這兩個在馬路邊打人。」

胖的那位正好抬起頭，看見了周丞，驚疑不定地喊了一聲：「是……是你！」

原來是張家兄弟。

這兩位在社會上本也算是有頭有臉的人物，近日卻遭到各種唾罵鄙視，遺產什麼的大概也沒戲唱了。

今天走在路上時，他們又正好遇上了始作俑者——隔壁病床的正義哥，兩人一時氣不過，就動了手。

好在這兩位不過是花架子，正義哥除了看著狼狽點，傷勢倒也沒有多嚴重。正義哥還挺寬容，表示沒什麼大礙，不打算追究，做完筆錄後就颯爽地離開了，剩下兩兄弟在那邊接受教育。

「你們兩個也不是沒錢，到底一天到晚在瞎折騰什麼？」周丞路過時也念了一句，想起了什麼，又問：「之前是不是還去找醫師的麻煩？」

「……沒找麻煩！我們就找他們談談而已。」

周丞面露懷疑，「哦，是嗎？我怎麼聽說有醫師被跟蹤？應該就是你們吧？或者是你們找的人？」

「你別冤枉人啊！跟蹤醫師幹什麼？」張家兄弟比他還一臉莫名其妙，「又不是吃飽撐著！」

見他們神情不似作僞，周丞皺著眉頭沉默了一會兒，沒再多說什麼。

回到辦公室後，周丞朝窗外望了望，那陣不安感再次湧現。他走到一旁摸出了手機，撥電話給楚文昕。

天色徹底暗下了，而楚文昕的手機沒有人接聽。

周丞騎著警用機車去了醫院一趟，不知道是不是心態使然，漆黑的夜色中，這幢高大冰冷的白色建築忽然顯得陰森無比，像是會吃人。

他匆匆走入，在口外診間沒找到楚文昕，倒是遇上了正要下班的彭淮安。

周丞對這人有點印象，「你有見到楚醫師嗎？」

彭淮安也還記著上回他和楚文昕在休息室接吻的事情呢，一臉不太情願地說：「沒有。」

「我打她手機沒人接，你能聯絡得上她嗎？」

彭淮安沒看出周丞眼底的急切，不過還是拿出了公務機撥電話，等待接聽時，一邊對周丞解釋：「我們上班有時不會帶著私人手機，只會接公務機。」

話是這樣說，但嘟嘟聲響了很久，同樣無人接聽。

「怪了，公務機也沒接，她通常都會接。」彭淮安愣了愣，「而且她剛剛還有打給我……」

「什麼時候？」

「大概四五十分鐘前？」彭淮安看了看通訊紀錄，更正道：「哦，大概一小時前。」

可能是那一身警服的關係，見周丞臉色不太好看，彭淮安也有些緊張了起來，「警官，出什麼事了嗎？她會不會是先回家了？」

「她的車還在停車場。」

兩個男人站在原地，尚沒有決定好往哪邊找起，周丞的私人手機卻先響了起來——是楚文昕。

周丞長長地鬆了口氣，「姊姊，妳別搞失聯啊……」

「周警官，我給你十分鐘。」電話那頭卻是一道陰沉的男聲。

周丞怔住了，胸口驟然發寒，如墜冰窖。

「十分鐘，你自己過來，晚一分鐘，我就把她從頂樓丟下去。」

楚文昕不太確定自己昏迷了多久，但應該沒多長時間，睜眼時，她的腦後仍然疼痛不已，且感覺極度眩暈噁心，像是腦震盪。

她倒臥在漆黑冰冷的地板上，晚風從大開的玻璃窗吹入，涼颼颼的，懷疑自己可能是被凍醒的。

她微微掙了一下，發現動彈不得，旋即徹底清醒了過來，發覺自己的手腕被綑綁在腰後，兩隻腳踝也被綁起，用的似乎是封箱膠帶，厚厚地纏了好幾圈。

盧小小壓抑的哭聲從身旁傳來。

「……盧家虹？」

楚文昕扭動了幾下，好不容易才坐起身，手在背後摸索著，觸到了一個有溫度的形體，應該是盧小小，就坐在她背後。

「嗚……大姊姊對不起……我不知道他是壞人……」盧小小還在哭，「大姊姊，我、我好疼，我害怕……」

楚文昕頭暈目眩，幾乎難以思考，然而也許是身後有個孩子的關係，逼著自己打起了精神，輕聲問道：「腳有受傷嗎？還能跑嗎？」

「沒有，可是我、我被綁住了。」

楚文昕艱難地摸了一陣，大致確定了盧小小的狀況，和她一樣，手腳都被封箱膠帶捆住了。

盧小小不知道看到什麼，又嗚咽了一聲，「大姊姊，妳、妳頭流血了……」

楚文昕頭太暈了，暫且沒有回話，也沒注意到黑暗中一陣細微腳步聲靠近，直到面前響起「啪」的一聲，才驚跳了一下。

是她的手機，被人扔在她前面的地上。

楚文昕抬頭看去，就見黑暗中，一個高大的男人俯視著她，倒也沒再做什麼，只是從一旁的雜物中隨便拉了把椅子坐下了，正對著她，微弱的綠光稍稍照亮了那張臉孔。

那是個看起來三四十歲的男人，五官深刻，身材精實，要不是因爲神情太過陰鬱，且下臉遍布多天未刮的鬍渣，看起來倒還是號人物。

楚文昕發現她竟認得這張臉。

他是黃笙——遭到通緝已久，長年販毒與走私軍火，手上有過多條人命的那個亡命之徒。

「楚醫師，妳別怨我，」他的嗓音嘶啞陰冷，像是鈍器研磨在粗糙的石壁上，讓人聽著心底發毛，「我也是走投無路了。」

楚文昕心臟砰砰狂跳，面上仍強作鎮定，「你走投無路，抓我又有什麼用？」

她的鎮定似乎讓黃笙來了興致，在黑暗中笑了起來。

「沒用，當然沒用。可我怎麼嚥得下這口氣？」他笑完，又陰森道：「這不是死到臨頭，總也要拉個墊背的嗎？」

楚文昕大概猜到了，卻仍問：「我和你沒仇沒怨，爲什麼要拉我墊背？」

「妳是沒仇沒怨，妳男朋友就不是了。」

黃笙一面說，一面拉起了一邊褲腿，微弱的綠光下，勉強能看見左膝附近有一道醜陋的圓形疤痕，像是槍傷。

「周警官開槍眞是神準，害我走路得跛一輩子了。」他語帶諷刺，「原本我也沒想跟他算這筆帳，但最近那些警察都瘋了，堵得我完全無路可走。既然眼看都要沒戲唱了，不如我們就來好好清算清算。」

他啐了一聲，又罵：「都是葉至良那蠢貨，沒事打什麼警察？搞得那群瘋狗傾巢而出，我們還怎麼活？媽的……」

當初，周丞開了三槍，第一下對空鳴槍，第二下擊碎了黃笙的車窗，第三下擊中葉至良。

原來，射入車窗的那一發子彈，最終落在了黃笙腿上，擊碎了股骨。

楚文昕沉默一會兒才開口：「你要找他，抓我就好了，放這個孩子走吧。」

黃笙的情緒似乎不太穩定，暴虐火氣來得非常突然。他獰笑一聲，忽然上前一把扯住楚文昕的頭髮，向旁邊狠狠一摜。

伴隨一陣東西翻覆傾倒的巨響與盧小小的哭喊聲，楚文昕整個人被砸在各種雜物之間，眼前一陣發黑。

「楚醫師，妳當我傻子？放他去通風報信？」黃笙一面笑，一面又恨恨道：「來都來了，只能怪他運氣不好，乖乖等著吧。」

楚文昕側躺在散落滿地的凌亂雜物中，灰塵嗆得她咳嗽了好幾下。忽然，她動作一頓，指尖在身後地上摸到了好幾個扁平的包裝。

那東西她太過熟悉了，或者說，每位外科醫師都必定對此物無比熟悉，幾乎手指碰上的瞬間就曉得那是什麼。

那是十五號刀片。

周丞來得很快。

他似乎是狂奔上來的，面色冷凝，呼吸急喘，持槍的手臂卻仍筆直而穩定。

黃笙就大剌剌地站在那裡，沒搞什麼埋伏或襲擊，一手掐著楚文昕擋在身前，另一手拿著槍，槍上還加裝了消音器。盧小小則瑟縮在牆邊一角，暫時沒人理會。

黃笙笑道：「周警官很準時啊。」

面對這樣生死交關的當下，楚文昕的面色蒼白，不過沒有哭，只是隔著這不到十米的距離，深深地望了周丞一眼，什麼也沒說。

周丞的雙眼火速掃視一圈，試圖在最快的時間內掌握情況——楚文昕的手背在身後，腳踝纏著厚厚的膠布，看樣子一步也走不了，盧小小大概也是如此。

一旁不遠處還站著兩個男人，應該是黃笙的小弟，一左一右將周丞夾在中間。

狀況怎麼看都不太妙。一滴汗水自鬢邊滑下，周丞冷聲問道：「你想怎麼樣？」

「問問題前該拿出一點誠意吧？」黃笙冷笑一聲，「把槍放下。」

周丞唇角緊抿，一時沒有動作。

黃笙動了動槍口，「如果你不希望我往楚醫師身上開個洞，就立刻把槍放下。」

周丞做出了妥協，動作非常緩慢地蹲下，將槍枝放在地面上，後又站起身來，照著指示將其踢開。

黑色的警用手槍在光滑的磁磚上打著轉滑遠，去到看不見的角落了。

「這和她無關，你放她走。」

「你們情操挺偉大的啊？一個個都讓我放別人走。」黃笙戲謔地笑了起來，「要放不放，可得看我的心情了。」

冰冷的槍口近在咫尺，極致的恐懼與憂心交雜揉和，令楚文昕身軀冰冷，微微發顫。她無能爲力地看著那兩個小弟拿著棍棒與利器，緩緩靠近周丞。

因爲楚文昕的關係，周丞沒有任何抵抗。

令人毛骨悚然的擊打聲響起，伴隨著骨頭開裂的脆響，與刀鋒捅入皮肉的悶聲，周丞沒有叫喊，只偶爾溢出一兩聲隱忍的悶哼。

楚文昕閉上了眼睛，淚水自眼眶滑落。

黃笙恨恨道：「你那一槍讓老子在密醫的病床上躺了整整一個月，一個月！媽的，要不是你，我他媽早就逃得遠遠的了！」

周丞幾乎聽不太清楚，他跪倒在地，頭臉淨是鮮血，唇齒間氣血翻騰，耳畔嗡鳴不已。被狠砸過的右手臂劇痛難忍，沒有上回在大排檔那麼幸運，顯然二次骨折了，且每呼吸一下，胸腔都伴隨著一陣椎心疼痛，可能是肋骨斷了。

他盡可能地護著要害，猶在找尋時機，但黃笙始終沒有因為仇恨而失去理智，依然掐著楚文昕站在原地。

「這下好了，大家一起完蛋，我也不虧——」

然而棍棒又一次要落下的時候，突然一陣警鈴大作。

幾個人俱是一怔，那一瞬間，黃笙以為是周丞搞了什麼鬼，卻聽一道冰冷的機械女聲廣播突兀地響起。

「火災、火災，發生火災，請盡速往緊急出口避難……」

「操！」

黃笙分神的這一秒，槍口稍稍移開了那麼一點，就在這一剎那，楚文昕猛然向後一撞。黃笙向後踉蹌兩步，不過沒有倒下，面色陰狠地就要再制住她。

出乎預料的是，本應綑綁著楚文昕手腳的膠帶，不知在何時早已被她割開了。

她在倉促間轉身，雙手緊握黃笙持槍的手腕，向上猛推，好幾發子彈擊發在斜前方的天花板上。

與此同時，她衝著盧小小吼道：「快跑！」

然後她右手拿著不知道什麼東西，奮力往黃笙的頭臉部扎去——銳利的外科刀片幾乎完全沒入黃笙的頸側。

牆角處，小朋友應聲而動，綑綁他的膠帶也早被劃破了，他一溜煙地竄入黑暗中，誰都找不到了。

兩個小弟聞聲回望，周丞在那瞬間立即做出了反應，手臂在地上驟然一撐，一能動手便扭轉了劣勢。他腿下一絆，伸手一扯，一人轉眼就被放倒，而後抽出警棍，反手狠砸另一人後頸，那人向前撲倒在地。

儘管外科刀片極度銳利，卻太小了，沒精準扎中動脈，並不能造成致死傷害。黃笙在幾秒間便從劇痛中緩了過來，楚文昕踉蹌後退、手指顫抖。

眼看黃笙一臉暴怒地再提起槍口，周丞如猛獸一般飛掠而來，那衝勢太強，以至於那一下踢擊將黃笙踹飛了很遠，撞倒在後面的雜物之中。

身後那兩個小弟已經哀號著站起，周丞卻已是強弩之末，因此他並未戀戰，拉起楚文昕的手便轉身狂奔。

盧小小不知道往哪裡去了，沿途都沒能見到他，廢棄的醫院樓層毫無人煙，只聽得到警鈴與彼此劇烈的心跳與喘息。

眼睛已經適應了長久的黑暗，一路上，楚文昕都能看見周丞隨著每一次步伐而落下的血點。

她知道這不是應該脆弱的時刻，卻仍淚流不止。

「救出來了，沒事。」奔跑間，對講機的聲音沙沙響起，周丞一手拿了起來，嗓音沙啞，「對方有三人，一人有槍，立刻上樓支援。」

來時的樓梯在黃笙那邊，他們不打算再起衝突，便一路奔至樓層正對角的另一個樓梯，蹬蹬蹬地往下跑。

然而，都還未下到半層樓，他們就先嗅到了煙味，再下幾階，濃煙便嗆得他們反射性地後退。

周丞與楚文昕對望一眼，面色刷白——那陣火災警報並不是假的。

火勢蔓延得相當快速，十三樓或十四樓已經陷入火海，滾滾黑煙向上攀爬，周丞拉著楚文昕回頭，回到十五樓反手關上了門，阻斷濃煙。

烈火將他們和兇徒困死在一處。

周丞問道：「只有這兩個樓梯？」

話說完，他咳出一口血沫，又用制服的袖子囫圇擦掉了。

楚文昕高度緊繃的腦海拚命運轉，「……還有一個運貨用的電梯。」

示警的鳴笛聲自四面八方的遠處響起，卻似乎不是警車，而是消防車。配合著始終沒有停下、幾乎要把人逼瘋的火災警鈴，黑暗的十五樓顯得異常可怕，好像隨時會有暴徒從暗處衝出。

火場中，搭電梯並不明智，但也已別無選擇，兩人在漆黑中低調而緩慢地前行。

十五樓很大，他們運氣不錯，一路摸到電梯前都沒有撞見人。

他們按了往下鍵，電梯開始慢慢攀爬，七樓、八樓、九樓……

周丞傷得太重了，到處都疼痛不已，耳畔充斥劇烈嗡鳴，幾乎是靠著意志力在強撐。加上警鈴聲太過吵雜，以至於他沒能及時發現，盡頭黑暗轉角處的細微響動。

十一樓、十二樓……

「喀答」一聲，那是手槍上膛的聲響。

周丞倏然回頭，電光石火間，只來得及旋身將楚文昕護在身前。

槍聲在下一秒響起，楚文昕感覺周丞的身子震了一下。

她尖叫出聲。

裝了消音器的槍聲顯得有些沉悶，但殺傷力並不有所減損，子彈在周丞的後背炸出一朵血花，衝力讓他向前倒去，被驚惶失措的楚文昕極力撐住了。

腳步聲逐漸靠近，楚文昕奮力拉起周丞，拐過一個彎向前奔逃。

槍聲在後方持續炸響，幾發子彈射在他們方才停留的地面上。

再繼續往前，就快到來時的樓梯了，楚文昕想著，他們可以從那邊下去。

然而周丞卻撐不住了，又跑過一段路後，他轟然摔倒。

楚文昕回頭蹲下，就見他呼吸急促卻滯澀，連連嗆咳出血沫。

她知道是怎麼回事，那是氣胸的徵狀，也許還併有血胸。子彈打通了他的胸壁，大氣壓力讓空氣經由彈孔處，源源不絕地灌入本是負壓的胸腔，只進不出，使他的肺部塌陷。

未受治療的話，不需要多久，周丞便會因為換氣不足而缺氧休克。

她抱住他，試圖用全身的力量將他撐起，卻仍是徒勞，反倒一起摔坐在地。她抱著他，眼淚一直掉，再也控制不住哭聲。

可這樣一個危在旦夕、命懸一線的青年竟是笑了一笑，漸漸失去熱度的手指拂過了她的眼角淚痣，在那處留下了一道怵目驚心的殷紅色血印。

「沒關係，」他說：「妳沒事……就好。」

那聲音中的溫柔與安撫，幾乎令楚文昕全身控制不住顫抖。

而後，他只說了一個字，「……跑。」

向來對「愛情」有所保留的楚文昕，在如此高度緊張、危急萬分的情況下，腦中不合時宜地浮現了一個念頭。

原來，這世上眞的會有人願意拿命來救自己。

周丞徹底倒下。

與此同時，或許眞是冥冥之中的注定，楚文昕的手指在雜物四散的一地狼藉中，摸到了一個冰冷堅硬的物體。

她轉頭望去，那是周丞的警槍。

黑暗中，黃笙從遠處不疾不徐地提步走來。

楚文昕抱著周丞坐在原處，沒有逃走。曾徒手抓握外科刀片的手指滿是割傷，鮮血淋漓。然而她像是已感覺不到疼痛，靜靜地伸手，將手槍從地面上拾起。

那雙開刀時素來穩定的手，此刻宛若痙攣似的劇烈顫抖著，晃得幾乎要握不住槍身。

也不知道是不是腦震盪帶來的錯覺，周丞曾經的話語在她暈眩的腦海中響起，彷彿在她耳畔說話。

「瞄準時，罩門與準心切齊。」

黃笙有一點說得沒錯，他的確有些跛腳，且方才他的子彈打完了，還沒換上新的彈匣。因此即便他看清了楚文昕手中的槍口，面露猙獰、提速衝來，仍慢了那麼一步。

「滑套後拉、放掉……右手握緊，左手扶穩。」

拿著手術刀救治過無數人的楚文昕，此時握著奪人性命的冰冷槍械。她覺得噁心抗拒，覺得恐慌戰慄，一顆心砰砰狂跳，幾乎像要衝破胸口。

「別看目標，看著準心。」

扳機扣下。

伴隨著如雨般落下的消防水霧，一切似乎都落幕了。

從十三樓焚燒的烈火最終只往上燒了一層，還未觸及十五樓，火勢便在消防車的強力水柱下漸漸減弱。

火勢受到控制的同時，大批警力風馳電掣地穿過了火場、奔往頂樓。

他們在半路逮捕了兩名歹徒，在樓梯口找到重傷的警官與醫師，在不遠處看到了腹部中彈倒地的黃筌，又在一間廢棄的辦公室桌下，找到了一位哭泣的小朋友。

高溫被冬天的晚風漸漸吹涼，黑煙在夜幕中逐漸轉淡，飄散爲一縷輕煙。曾被火光照亮的夜空，終於重回漆黑安寧。

一棟樓外的距離，燈火通明的加護病房內。

不曉得是不是那聲槍響穿透了黑夜，以一種無法解釋的型態傳遞了過來，進入了人耳裡，或甚至是意識的更深處裡。

在一聲聲規律的儀器嗶嗶聲中，沒有人注意到，病床上那位雙眸仍舊緊閉的青年，指尖微微動了一下。

第十二章

三個月後。

冬日已過，春暖花開。葉至良案經過了冗長的調查，針對周警官，檢方終於給出了不起訴處分的結果。

接受採訪的檢察官表示：「用槍時機合理，未逾必要程度。」

這陣子以來，警察用槍時機一度成爲熱烈討論的議題，眾人翹首以盼的調查結果一出，警界鬆了口氣，基層亦士氣大振。

不過，新聞剛出來的時候，當事人並不知道，周警官正忙著處理「刁民」呢。

他身穿制服，配戴出勤裝備，騎著警用的重型機車抵達了現場。

白色車身上標誌著深藍色的「交通大隊」四字，初春的暖陽灑下，將那一身制服鍍上了一層光暈，連同胸前金黃色的二線二星都顯得熠熠生輝。

「組長。」一名基層員警衝著他打招呼，然後比了比前面，「人在那邊。」

其實不用他說，周丞還沒跨下機車，就聽見了喧嘩與怒罵。

「你知不知道我是誰！」一名被攔下來開單的男性駕駛對員警不停叫囂，「跟你講，我跟你們巡官認識哦！你敢開我單！」

被罵得有點懵的小警察還沒回話，周丞就拍了下他的肩膀，把開單本接過來，繼續填寫。

「你又是哪位？」這刁民大概也沒有什麼其他台詞，怒眉睜目地轉向周丞，「你知不知道我是誰啊！」

寫完，周丞在罰單右下角蓋上了印章，笑了下，「還眞不知道。」

「我是你們廖巡官的親戚！廖巡官知道嗎？」

「哦，知道知道，廖巡官嘛。」

周丞一面說，一面把紅單撕下，塞到了對方手裡，笑咪咪地說：「替我和廖巡官問好啊。」

那人目瞪口呆，顯然沒想到是這樣的走向，捏著紅單咬牙切齒，「你這人怎麼回事？你要不是警察，早就被揍了我告訴你……」

周警官也沒有發怒，誠懇道：「我要不是警察，早把你揍一頓了，還輪得上你說話？」

差點被氣死的刁民，最後還是帶著他的紅單悻悻然開車離去了，此時路檢勤務也差不多完成，警察們準備收工。

一名員警上車前，對周丞問道：「組長，你也回分局嗎？」

「回。不過我等等就休假了。」

「哇，眞好，休假去哪呀？」

陽光下，周警官爽朗一笑，「我去複診。」

經過幾個月的修繕，曾被燒得面目全非的十三樓病房，已經煥然一新，回歸正常運作。

根據調查，火災起因是一床病患自帶了電熱毯，因爲電器太過老舊而導致電線短路起火。火勢在短短一小時內便蔓延開來，甚至向上燒了一樓層。

値得慶幸的是，這是一般病房，重症病患不多，大部分的人都還能跑。且員工皆受過火警演習，人員疏散還算整齊有序，傷亡人數不算很多，唯有兩名病患在火場中不幸死亡。

當然，那天的値班護理師就倒大霉了。

據醫院的八卦傳聞，陳薇茜被帶去問話的時候，簡直哭成了淚人兒，哭喊著說她不是故意的，只是想通融一下，不知道結果會這麼嚴重……

總之，責任尚在持續追究釐清中，但陳薇茜的過錯是板上釘釘，已被醫院革職，業務過失致死罪想來是逃不掉了。

楚文昕在醫院長廊上疾步走著，白袍翻飛。

她手指上曾被外科刀片割出的劃痕都已癒合，當時的輕度腦震盪也早已復原，並未留下什麼後遺症。白袍一套，她仍是那個專業沉著、高冷強勢的楚大醫師。

例行的晨間巡房過後，她回到門診看診。

第一位病人對楚文昕來說有點特別意義，是她拿來專科考試的病例。

那是個身上帶著刺青的壯漢，背後與手臂刺龍又刺鳳，看著特別威武……卻也特別害怕看醫生。

每次楚文昕一動，他躺在診療椅上就也跟著全身一抖，是個嬌氣的大哥。

當初，刺青哥大概因爲菸酒的關係，左下唇生了惡性腫瘤，讓楚文昕動手術切了，並以鼻唇皮瓣重建起來，現在已是術後一年，狀況都很穩定。

「楚醫師，早。」刺青哥朗聲衝楚文昕打招呼，拿掉口罩，笑著說：「妳看我嘴唇。」

楚文昕聞言回頭一看。

刺青哥被切除的半截下唇，是以自體皮瓣移植重塑，形狀正常，只不過顏色是膚色的。如今不知爲何，嘴唇的紅色重新出現了，不仔細端詳的話，看起來就像健康正常的嘴唇。

「你做什麼了？」楚文昕訝異。

刺青哥神神祕祕地說：「我又去刺青了，讓人刺了嘴唇色。」

……這操作也是很風騷了。楚文昕在內心感嘆。

儘管刺青哥與楚文昕算很熟了，仍未習慣這些檢查動作，她不過是拿個口鏡進去嘴裡看看，刺青哥就又抖了一下。

楚文昕忽然想起了怕看牙的周警官。

她不禁笑了一下，調侃道：「刺青都比這個痛吧，你到底在怕什麼？」

「欸，妳不懂，刺青的痛是可以預期的，跟這個不一樣……」說到這邊，刺青哥想起了什麼，「話說我中午看到新聞，黃笙一審被判了無期徒刑，你們終於可以放心了。」

那一夜在頂樓發生的事情，新聞有報導，雖然細節不見得清楚，但許多人都知道了。

「嘿！我還有看到監視器畫面，你們那晚眞像在拍電影，眞不簡單。周警官也是……」

刺青哥應該是愛看熱血動作片的人士，說到來了興致，大力感慨又佩服他倆的遭遇。

「是啊。」楚文昕笑了笑，「他是個了不起的警察。」

而且，他很愛我。

門診即將結束時，張小姐來了。

火災中不幸去世的兩位病患，一位是使用電熱毯的本人，另一位，就是當時意識不清的張老先生。

一位知名企業老闆、富裕的巨商，最後沒死在癌症或肺炎之下，而是殞身火海，在昏睡中被活活燒死，不禁引人唏噓。

因爲老父親已經去世，楚文昕也有一陣子沒見到張小姐了。這次她回來辦一些手續，大概要申請保險什麼的，來找醫師開立診斷證明與死亡證明。

張小姐本名張曉姍，聽著有點像小三，性格卻單純柔軟。

楚文昕本以爲張曉姍大概又會落淚——然而並沒有。

張曉姍的神情平靜，唇角甚至掛著淺淺笑意。她和楚文昕閒聊了幾句，還提到自己和正義哥交往了云云，平靜得讓楚文昕感覺到有些詭異。

證明書開好之後，楚文昕望著她正要離去的背影，忽然開口：「妳一直以來都陪在妳父親身邊。」

張曉姍腳步停住，回頭望來。

楚文昕盯著她的表情，「火災那時候，卻找不到妳父親嗎？」

她們陷入一陣無聲的對望，良久，張曉姍面上浮現一抹笑，那笑容像是褪去了一道長久的僞裝，再不見過往的脆弱與天眞，顯得那麼冷靜。

楚文昕從她身上感覺到的違和，在這一瞬間都有了解答。

「楚醫師，所以我才喜歡妳。我喜歡聰明人。」她說：「那些男人總以爲我們女人很無害，不是嗎？」

楚文昕啞然無語，望著張曉姍轉身離開。

一段距離外，劉思辰正在胸腔外科的門診看診。

他已經在病歷系統的病人欄中，看見了一個討人厭的名字，爲此臉色很臭。

曾經，他指責楚文昕冷血薄情，可是在那個夜晚，她頭髮散亂、狼狽不已地站在渾身浴血的警官身邊時，情緒卻顯得那麼激烈而鮮活。

他從未見過楚文昕哭，而那時候她的眼淚像是不要錢似的猛掉，一見到聞訊趕來急診的他，就像個恐慌失措的平凡家屬一樣，撲上來揪住了他的白袍，幾乎泣不成聲。

「救他！你……你救救他！」

她手上的鮮血、面上的眼淚，與情緒的崩潰失控，讓劉思辰的心爲之震動。

楚文昕大概並不是個無情的人，她只是……沒有那麼愛他而已。

所以當周丞走入門診複診，衝著他問好時，劉思辰心裡真的頗不爽。

看了看剛剛拍好的胸部X光片，劉思辰用公事公辦的語氣問道：「最近感覺都還好？」

「挺好的。」

例行性的問診與檢查過後，劉思辰冷著臉宣布：「狀況都很穩定，之後沒有不舒服，可以不用再回診了。」

「好，謝謝劉醫師。」

劉思辰的態度算不上友善，但周丞始終面上帶笑，還挺有禮貌，這讓身爲醫師的劉思辰稍微有點過意不去，遂又多提醒一句，「不過這一兩個月內還是小心一點，不要太激烈運動，有問題隨時回來。」

「好的。」周丞乖乖點頭，「不能運動，那可以出去玩嗎？」

「去哪裡玩？」

不知道是不是錯覺，周丞似乎就等著他問這句，露出了一個夢幻的笑，答道：「我要和楚醫師回老家玩呢。」

劉思辰的額角青筋差點就要暴起。

最後，劉醫師克制著把子彈重新送入周丞胸膛的衝動，讓人走了。

臨走前，周丞掏出一個夾鏈袋遞了過來，「劉醫師，剛好撿到你的杯子，今天正好還給你。」

劉思辰莫名其妙地接過了，完全不懂他爲什麼會撿到自己的杯子，而且爲什麼要裝進夾鏈袋裡。

然而周丞沒解釋什麼，客客氣氣地揮揮手，離開了。

這是一個有後勁的杯子。半小時候，猶在看診的劉思辰終於後知後覺地忽然想起來，這個杯子本來應該放在何處。

他的臉色頓時被氣黑了。

連當時看診的病人都被他嚇著了，「劉、劉醫師，怎麼了嗎？」

劉醫師沒好氣道：「……沒事！」

張老先生始終未能知曉，這一生忙碌於工作、漠視家人的他，其實最終也沒能教出哪怕是一個孝順的子女。

下班時間，楚文昕坐在汽車的駕駛座上，等周丞回診完過來。

她在那裡枯坐了一會兒，不自覺地想起了張曉姍臨別前的笑容。

嚴格來說，張曉姍並沒有犯罪。火不是她放的，她也沒動手做什麼，她只是「順勢」地將她的老父親靜靜放置在原地……讓他活活被燒死而已。

對張曉姍來說，張老先生何時過世其實都無所謂，反正遺產鐵定是她的了。大概是因爲三兄妹對父親的感情都一樣淡薄，火災那麼恰好發生了，她便覺得能少照料父親幾天也挺好的，就……任其發生了。

楚文昕想起自己還曾將張曉姍護在身後，衝著她哥哥怒罵過，便感到一陣心理上的不適。

我們總是在做自己認爲正確的事。她心想：但其實何謂正確，從來都是那麼難以辨明。

咚咚兩聲，有人輕扣車窗。

楚文昕抬頭就看到了周丞，不曉得他爲什麼不直接上車，以爲還有什麼事情，遂搖下車窗問：「怎麼了嗎？」

「小姐，駕照麻煩一下。」就聽周丞一本正經地說：「我還是懷疑妳未成年。」

……煩死了。她又一次被這人氣笑，「別鬧，快上車。」

周丞上車了，一面繫安全帶一面振振有詞地開始告狀：「我覺得劉醫師對我敵意很重，我感覺他一定還沒死心。」

見楚文昕不爲所動，他又加油添醋道：「眞的，他就是個小心眼的男人。我懷疑之前手術時，他會不會往我胸腔裡面塞垃圾，或衝我吐口水之類的……」

沒有鮮血或子彈，沒有罪犯或被害者，對話的內容這麼瑣碎，這麼普通，好像那些曾留下過傷疤的種種，並未眞正帶來任何陰影。

我們都只是凡人，至少凡人並不寂寞。

平凡的楚醫師笑了一聲，伸手巴了平凡的周警官頭一下，在「妳這是襲警……」的碎念聲中，把車發動了，一面笑罵道：「走了，回家。」

楚爸爸身爲退伍軍人，可謂是寶刀未老。醫院失火那天，他不像其他民眾驚惶奔走，反倒沉著鎮定地幫忙指揮滅火與疏散，更是出手幫了好幾位行動較緩慢的病患。

事後，醫院與消防局都給他頒了感謝狀。

楚爸爸對於這小學生似的頒獎行爲感到嗤之以鼻，回家後，仍把獎狀整整齊齊收好了。

大病過後，傲嬌楚爸爸各方面都軟化了一點。

雖說對上出櫃的楚佑廷，他仍會冷哼一聲，但總算不至於打人了。

楚佑廷的前方恐怕還有漫漫長路，不過也算是個進步。

鄉下平靜的下午，周丞和楚爸爸正在湖邊釣魚。

傲嬌楚爸爸還是板著一張臉，使得周丞不自覺地正襟危坐，握著毫無動靜的釣桿，回答楚爸爸的身家調查。

「家裡有兄弟姊妹嗎？」

「啊，我是獨生子。」

「父母做什麼？」

「媽媽是國小老師，爸爸是……刑警。」

幸好一般人不會想到要問「都還在世嗎」，楚爸爸對這兩個職業似乎感到還算滿意，沒有評論什麼，繼續下一題。

「我們文昕工作很忙，不喜歡做、也沒空做家事，上次讓她洗個碗，臉臭得要命。你工作也那麼忙，以後成家誰能顧？」

周丞就笑了，「沒事，我家都用洗碗機。」

楚爸爸一時被現代科技鎮住了。

「……不只是家事的問題，兩個人都忙工作，要怎麼好好相處？」

「的確，我跟她的工作都很忙。」周丞認眞道，「所以，我們總是很珍惜僅有的時間。」

楚爸爸沉默了下來，半晌，又不死心地質問：「你是派出所所長吧？還要在基層多久？」

周丞好脾氣道：「我升遷了，現在是二線二星，分局組長。」

楚爸爸又哼了一聲，「那也沒有多高。」

周丞仍是笑著：「還會再升的。」

楚爸爸哼哼兩聲，表情依然嚴肅，但眉目似乎漸漸緩和了一點。

周丞以爲這一關大概是通過了，未料他還是太過天眞。

「那你打算什麼時候結婚？有沒有計畫買房子？買在哪裡？以後打算生幾個小孩？還有……」

……楚醫師救命哦。

楚醫師正在楚宅廚房，和楚媽媽一起剝著豆芽菜，去頭去尾。

且說楚醫師寧願在手術房剝離各種神經血管，也一點都不想在這裡挑豆芽菜，挑得一臉厭世。

但楚媽媽在料理上很堅持，覺得這樣炒起來才好吃，尤其今晚又有周丞這個客人在，不能落了面子。

這次回來的只有楚文昕與周丞，大姊、二姊、小弟都不在，於是整個家裡安安靜靜的，只有母女偶爾閒聊的聲音。

「妳這個沒剝乾淨。」

楚媽媽眼睛很利，聊到一半，忽然從籃子裡重新撿起一條還帶點根鬚的豆芽，習慣性念道：「妳這樣以後嫁人怎麼行？妳現在會煮飯了嗎？」

楚文昕淡淡回答：「我有錢，我可以叫外賣。」

楚媽媽現在似乎變得敏銳了一點點，意識到自己的話並不中聽，陷入了一陣沉默。

良久，她忽然道：「文昕，媽媽知道妳心裡有怨。」

楚文昕一頓。

「妳別怪媽媽，媽從小就在這樣的教育和環境下長大，想法都根深蒂固了。」楚媽媽手上還捏著根豆芽菜，「媽最近也想了很多，是我們觀念太傳統……我們也有在慢慢調整了。媽從小就學做女紅、做菜、做家事、顧小孩，所以也覺得你們都該這樣，只是……只是想妳嫁個好人家。爸媽是真的愛妳，妳和周丞出事那時候……我們都嚇壞了。」

火災那一晚，她與周丞獲救之後，楚父楚母聞訊趕來了急診。

那是楚文昕第一次曉得，母親為了她也會哭得這麼驚惶害怕，甚至連她父親眼眶都有些紅了，重重拍了下她的肩膀，說了句「沒事就好」。

楚文昕唇角抿起，心裡一時五味雜陳。

「妳爸爸也是，從以前就那樣，愛面子愛得要命。他其實也很關心妳，只是從來不說出來。」

楚媽媽不知想到什麼，笑了一下。

「都說女似父，兒肖母，其實妳和他很像，脾氣都很倔，又固執……也很獨立，很懂事，從小就最不需要媽媽擔心。現在妳長大了，媽盡量不會再叨念那些妳不愛聽的，反正……妳和周丞好好地走下去吧，快快樂樂的就好。」

楚文昕沉默很久。又剝了十幾根豆芽菜，她才忽然開口：「我永遠都不會成為妳這樣的人。」

一生只有家事、煮飯、顧孩子，為家庭付出所有、奉獻一生的人。

「但我還是……謝謝妳拉拔我們長大。媽，我也是……」從不說軟話的楚文昕，此刻幾乎有點不知所措，彆扭道：「也是愛你們的。」

「我知道、我知道。」楚媽媽的眼角似有淚光，笑嘆：「妳比媽媽優秀太多了……」

家裡醬油正好用完，解決完那一筐豆芽菜，楚文昕出門前往超市。

從家裡到超市步行大約十分鐘路程，她順著蜿蜒不平的碎石子路走，沿途兩邊都是田。

這個季節正好是油菜花的旺季，放眼看去，左右都是一望無際的亮黃色花海，微風一吹，就像是一陣一陣金色的海浪，特別壯觀。

楚文昕買到醬油後，提著塑膠袋往回走，在路上遇到了迎面走來的周丞。

「嗯？」楚文昕愣了下，「你不是去釣魚？」

周丞有些不好意思地笑笑，「我一條魚也沒釣到，被妳爸嫌棄了。」

然後傲嬌楚爸爸就讓周丞滾回家，別在那裡礙事。

回去後楚媽媽正在廚房忙，就叫周丞去找楚文昕，讓他們路上隨便走走。

楚文昕便提著醬油和周丞散步去了。

「我很喜歡這裡的這個季節。」一面走，楚文昕一面介紹：「每年這時候，農田都會種滿油菜花，很漂亮。」

「的確很壯觀。」

「但大概也只能再見到一兩週了，再過不久，整片花海都會被翻到土下，作爲春耕的肥料。」

「這樣啊。」

「還有那邊，明天清早我們可以走那條，去小山上看日出……」

「好。」

他們在夕陽下的田園小徑中穿梭，找了個視野不錯的位置，在農地中高起的田埂上坐了下來。

「你們那個邱警員，最近都還好嗎？」楚文昕指的是三個月前清醒，如今出院不久的邱以軒。

「挺好的。」周丞笑笑道：「不過他父母不想讓他再當警察，以後可能會回去繼承家裡的公司。」

「那也不錯。」

「對啊，搞不好以後事業做大了，我們都想認他當乾爸爸。」

楚文昕又問：「最近好像很久沒看到盧家虹？」

「他啊，」說起盧小小，周丞面露感慨，「他父母正式離婚了，準備打官司，最近大概特別忙。」

楚文昕愣了愣，跟著嘆道：「這樣啊……」

「別擔心，那小子挺堅強的。」見楚文昕似有擔憂，周丞安慰道：「他有天路上遇到我，還氣呼呼地跟我說，他以後不當警察了，要改當醫生。」

本來他想當警察，從中調停吵架的父母，這下沒必要了。

想到那個曾與她度過一夜驚魂的孩子，楚文昕在心裡暗暗道：願他從此順利平安。

一陣傍晚的微風迎面拂來，吹動了一波一波的黃色浪濤，周丞看了看，忽然從田埂躍下，站進了花叢中。

「你幹麻？」

周丞轉頭對楚文昕彎了彎嘴角，「要不要下來？」

「你都踩到花了。」

「哎，有關係嗎？妳不是說再兩週它們都要被埋進土裡？」

……好像有點道理。

於是她在周丞的幫忙下，跟著跳進了田中。

別看花海這麼漂亮，在濕滑的田裡走路可不是什麼浪漫的事情，兩人的鞋子都半陷進軟泥中，走沒幾步就黑乎乎的。

更慘的是楚文昕後來還滑了一下，在兩聲驚呼中，拉著和她牽著手的周丞一起摔進了花叢裡。

斜陽下，一陣花瓣飛揚。

楚文昕半壓在周丞的身上，沒怎麼摔疼，不過兩人的衣服怕是都毀了，沾滿了又濕又臭的黑色泥土。

他們無語地互看一眼，然後忍不住笑了起來，像兩個傻子一樣。

後來，兩人索性也不起來了，並肩躺在花叢裡，望著被夕陽染成暖橘色的天空。

楚文昕嘆道：「我眞是腦子抽筋了才跟你下來。」

周丞笑得一臉無辜又欠扁。

靜靜遙望天空一會兒，楚文昕又問：「當上組長，有比較輕鬆一點嗎？」

「雜事是少了點，但壓力也更大了。」周丞想了想，老實道：「沒有想像得輕鬆。」

楚文昕思索了一會兒用字遣詞，緩緩地說：「改天你有空……我也可以和你回家看看……你想的話。」

周丞愣了愣，看向楚文昕的側臉，「妳都知道了啊？」

楚文昕一本正經地說：「我也有線民。」

周丞愣怔半晌，忍不住失笑，「好啊，有空一起回去。我媽的情況這幾年很穩定，醫師都說不用吃藥了，妳和我一起回去……她會很高興。」

楚文昕唇角抿著一抹笑，靜靜聽周丞說了些家裡的往事，有甜的、有苦的，有好笑的、亦有悲傷的。

聽罷後，楚文昕沉默了好一會兒，忽然問道：「你知道油菜花的花語嗎？」

周丞搖頭，覺得這個對話很有既視感，「上回扶桑花的妳也沒告訴我。」

楚文昕仍笑而不答，轉而又說：「你知道那天晚上我見到你，心裡在想什麼嗎？」

「想什麼？」

「那時我在想，如果我不是女孩子就好了。」周丞愣了下，顯然有些訝異，楚文昕笑了笑，「現在不那麼想了。」

見她沒有多說，周丞亦沒有多問，聞言只是點點頭，「我倒很高興妳是女孩子。」

楚文昕以爲周丞大概要說「妳不是女孩子我們就不會在一起了」之類的撩妹台詞，想不到這人的操作更風騷：「不然我跟妳之間就是耽美故事了。」

「……蛤？」

周丞還沒完，一臉深沉地說：「這條路很辛苦。」

……眞的煩死了。

再過不久太陽就要下山，他們於是起身，一身髒兮兮地一邊笑鬧一邊回頭往田埂走。

楚文昕最後還是沒告訴周丞，扶桑花的花語，正如當時初相識的他們一樣，代表著新鮮的、嶄新的戀情。

油菜花的花語更簡單了，就兩個字：加油！

再往深入了說，它象徵的是鮮活、頑強，一往無前——正如他們的現在。

夕陽下，楚醫師與周警官黑乎乎的雙手交握，在黃色花海中的彎曲小徑上，並肩踏上歸途。

「哎，妳的醬油呢？」

「……咦？」

全文完

番外
七夕

楚文昕的專科複試也通過後，沒多久便正式升職為主治醫師。

整個口腔外科以此為名目，某天下班後來了個慶祝聚餐。

因為科內有個愛喝酒的柯孟仁，這次科聚餐又是選在一間熱炒店，是湖泊公園周邊那一排商家中的其中一間。座位採開放式，餐桌椅零散擺在店門口的空地，緊挨著湖畔，風景不錯，一群醫師們圍坐一張大圓桌，在晚風中吃吃喝喝。

聚餐初始，氛圍還有些客套尷尬，畢竟座上有資深醫師、住院醫師，也有初來乍到的菜鳥醫師，局面多少像是應酬。不過到了中後段，大家都喝了點酒，氣氛漸漸變得熱鬧融洽。

「學姊，喝嗎？」笑鬧聲中，楚文昕偏頭問身旁一位女醫師，「我幫妳倒？」

那人正是今年剛生完小孩回歸的楊醫師，她全名楊寧，與柯孟仁平級。

楊寧是位潑辣剽悍的女漢子，也是位酒國女英雄，擁有多筆史詩級的戰績。她甚至曾和柯孟仁對瓶吹並把對方放倒，讓酒鬼柯孟仁鮮有地感受了下被酒精支配的恐懼。

楚文昕和楊寧的交情一直都不錯，亦師亦友。

「唉，我就算了，」這回楊寧擺擺手，「還在餵母奶呢。」

楚文昕「啊」了一聲，恍然道：「對哦。」

楊寧尚在哺乳期中，楚文昕則是酒量不佳，原本就不喜歡喝酒，於是全場就她們兩位幾乎滴酒不沾，在一片群魔亂舞中邊吃菜邊低聲閒聊。

「學姊，妳先生這次怎麼沒一起來？」

科內聚餐大家本就常攜家帶眷，楚文昕以前也見過幾次楊寧的丈夫，今晚卻只有她一人出席。

「他在家帶小孩。唉，妳知道嗎，一歲的小孩根本是魔鬼。」楊寧長吁短嘆，神情彷彿心有餘悸，「三更半夜常常把人哭醒，比值班手機還可怕，整晚不得安寧，白天更崩潰，一秒都不能離開人，不然又要哭，我現在連上個大號都不能關門，妳敢信？」

她嘰哩咕嚕發了一串牢騷，形容得實在太活靈活現，楚文昕瞧她那一副逃難出來的樣子，邊聽邊悶笑。

「我這陣子簡直神經耗弱，感覺要折壽。妳看，我眼袋是不是變得好深……」

楚文昕安慰道：「等他再長大一些就好了吧？而且，還是挺可愛的吧？」

「嘿！那是當然，也不看看他老娘是誰？」楊寧說著，興致勃勃地拿出手機，開始炫耀自家兒子的幾百張照片。

嘴上嫌棄得不行，其實她還是把兒子當作寶貝。

楚文昕挺捧場，看得頗仔細，楊寧見狀半開玩笑地問：「怎麼，好奇啊？是不是也想生一個了？到時候我介紹月子中心給妳啊。」

楚文昕被說得忽然一怔，不禁想像了下自己從此被孩子與家庭佔據的生活……竟然意外地不覺得排斥，她笑了下，「也許……以後吧。」

楊寧觀察她表情片刻，沒忍住感慨：「妳給人的感覺和以前不太一樣了。」

「是嗎？」

「以前妳把自己逼得很緊，好像什麼也不能讓妳停下腳步，有時我都替妳覺得累。」楊寧笑著說，「感覺妳現在……慢下來了，我也不知道怎麼形容，我覺得這樣很好。」

楚文昕頓住片刻，細細咀嚼了一會兒對方的話語。

「妳說得對。從小到大，我都很好強，不論什麼事情，我總是認爲必須做到完美，拚到第一名才能夠被看見。」楚文昕笑了笑，神情顯得很溫和，「遇見他以後，我開始覺得，如果是和他一起的話，即便只是那些庸庸碌碌、柴米油鹽的瑣事，其實也沒什麼不好。」

楊寧眉頭一挑，「妳還眞的是很喜歡他啊。」

楚文昕被說得有些赧然，不過也沒有出言否認。

「眞好，我也替妳高興。」楊寧笑咪咪地說：「那就期待你們的好消息了……對了，妳今天怎麼沒帶他一起來？」

「今天不太方便，他還沒下班。」

「這樣啊，眞可惜，我還沒見過他呢……他工作這麼忙啊？」

「還好，其實我和他明天都剛好休假了。」

楊寧「哦」一聲，又想起什麼，語氣八卦地問：「你們休假有什麼計畫？說起來，我記得明天好像是七夕吧？」

楚文昕愣了下，「是嗎？」

七夕是農曆七月初七，她沒注意今年的七夕是在哪一天，周丞也不曾和她提過，彷彿明天只是個尋常的日子。此刻她細細一回想，又好像隱約感覺周丞最近的確在偷偷摸摸地準備著什麼。

楚文昕心頭一跳。這是她鮮少體會過的感覺，有些期待和雀躍，又有那麼點怕期待落空。

她含糊回答：「暫時沒聽說有什麼計畫，可能會去運動吧。」

「啊？這麼健康啊……」

話說到一半，一道醉醺醺的大嗓門忽然插入了她們的對話中，「喂，妳們一直在那邊說什麼悄悄話？出來聚餐還這樣不合群就沒意思了……」

兩人抬頭望去，正是喝到滿臉紅光的柯孟仁。

可能是知道楊寧現在不能沾酒，也可能純粹就是喝高了壯膽且降智，柯孟仁又一次故態復萌，走到了楚文昕與楊寧這邊。

不曉得他是來找碴或者來揩油的，一手端著酒杯，一手搭上楚文昕的肩膀，並轉頭向一旁的彭淮安說：「不是要慶祝你們楚學姊晉升？沒看見她杯子空了嗎？還不倒滿！」

彭淮安努力減小存在感卻失敗了。他看看神色冷淡的楚文昕，又看看柯孟仁，忍不住提醒：「柯醫師，那個……你知道的，學姊她酒量實在不是很好……」

然而酒醉狀態下的柯孟仁暫時無法溝通，「外科醫師哪有不能喝酒的？不會喝就要多練練，不然說出去多丟我們口腔外科的臉？何況今天妳不是主角嗎？來！倒滿！」

聞言，彭淮安用求救的目光看向楚文昕。

楚文昕沒想讓他爲難，翻了個白眼，「喝就喝，你倒。」

彭淮安總覺得這個局面在多年以前就曾經出現過，隱約有點不祥的預感，但迫於上司壓力，仍戰戰兢兢地給楚文昕倒了杯酒。

彭淮安的的預感在半小時內被驗證。

這幾年下來，楚文昕的酒量委實毫無長進，只一杯就讓她雙頰緋紅，熱血上衝，頭腦昏沉短路。第二杯、第三杯下肚後，她脾氣逐漸變大，耐性逐漸變少。

在柯孟仁又一次想攬她肩膀時，她甩開對方的手，拍桌而起怒吼一句：「你煩不煩！」

柯孟仁嚇了一跳，被罵得瞪大眼睛，立刻也火了，「幹什麼幹什麼，大驚小怪！碰一下怎麼了？妳們女生就是麻煩，被害妄想！」

「你還敢說？你小孩都幾歲了？這麼多年了還是死性不改！你這噁男、油膩男！」

「油……好啊妳，還是這麼沒大沒小！欠教育是不是？」柯孟仁伸出一根食指，一下下重重戳著楚文昕的肩膀，「懂不懂得尊師重道！懂不懂得尊重前輩！」

楚文昕被這一戳引爆，如今她已是主治醫師，沒了階級顧忌，一邊冷笑一邊挽袖子，「我何止不尊重你，我還打你！」

接下來的場面徹底失控，兩個人像小朋友一樣扭打在一起，進入了一場雙降智的對決。

彭淮安眼前一黑，只覺噩夢重現。

去年那一樁事故後，爲了遇險時能有點自保能力，周丞教過楚文昕一些基本的女子防身術。被周丞指點過的楚文昕此時戰鬥力激增，一個過肩摔，直接把柯孟仁給掀翻了。

要不是時機不對，那姿勢颯爽得連彭淮安都想讚嘆一聲：哇靠！好身手！

楊寧唯恐天下不亂，在旁邊拍桌叫好：「打他！打爆他！」

「楊醫師！妳別瞎助陣了！」彭淮安覺得自己小小一位住院醫師簡直承擔了太多，「別打了！再打我……我報警了啊？我說眞的，我報警了啊！」

喊也喊不聽，拉也拉不住，一場飯局吃得大家熱血沸騰，兩個早有舊怨的醉鬼鐵了心要決戰今日。

他們邊打就邊脫離了人群，往湖邊的方向歪去，最終一個不留神……撲通！

彭淮安的確報警了，電話直接打到周丞手上，楚文昕最後是被周丞從湖裡撈起來的。

剛接到電話時，周警官簡直嗤之以鼻，心想開什麼低級玩笑，打架？掉湖裡？那絕對不是我們家楚大醫師會做的事情。

趕到現場一看，他的臉色頓時黑如鍋底。

還好湖邊的水很淺，沒出什麼事。眼下，楚文昕正濕漉漉地坐在警局，不知道是喝酒的關係還是泡水受涼的關係，臉頰紅撲撲的，冷氣一吹，打了個噴嚏。

周丞原本正要開口，見狀又把教訓的話吞了回去，壓著火氣，先找來毛毯來把人裹起來，而後又走去倒熱茶。

一旁還有警員正在忙碌，似乎又遇到難搞的刁民，說話的聲音有點大。楚文昕現在酒意上頭，被那過大的音量吵得頭疼，就轉頭直愣愣地望向那邊。

「你們警察就這樣辦事的？」一位中年男子正用衛生紙捂著鼻子，怒氣沖沖地說：「我鼻子都被你撞出血了！我又沒說我拒測，這根本是暴力執法！」

與男子對話的是一名很年輕的菜鳥警察，他倒也不退縮，皺著眉頭道：「是你想動手，自己撞到我的肩膀，和我有什麼關係？」

「你這什麼態度？我不管，你給我道歉！」

小警察似乎是個耿直的性子，正兒八經回答：「我沒有需要和你道歉的理由。」

男子還要再吵，餘光覺察到楚文昕的視線，扭過頭來惡聲惡氣道：「幹嘛，看什麼看？」

楚文昕用虛心求教的口吻問他：「你是不是有病？」

「……啊？」男子簡直不可置信，「誰有病？妳說什麼？」

楚文昕這哪叫做一杯就醉，根本是一杯就狂暴，周丞端著熱茶回來，正好聽見這段對話。

楚文昕張嘴還要輸出：「你腦子……」

周丞頭皮一麻，快步走來擋在了兩人之間，哈哈乾笑著打斷，「哎呀，誤會、誤會，她……她是醫生，她的意思是在關心你的身體健康……」

男子半信半疑，最後還是姑且揭過了，回頭繼續去和小警察吵架。

「楚醫師現在很猛啊，還可以和人對嗆了？」周丞看向楚文昕，氣得捏她鼻子，「還有，我教妳那些是讓妳防身，不是讓妳去打架！」

「什麼？」楚文昕扭開臉，理直氣壯，「我喝醉了，我聽不懂。」

周丞簡直被氣笑。楚文昕鮮少飲酒，這還是他第一次見識到對方喝醉的模樣，眞是讓他嘆爲觀止。

「算了，等妳清醒再跟妳算帳……妳先坐一下，把熱茶喝了，我很快就好。」

而後周丞先去幫著小警察應付那位流鼻血的男子了，費了一番唇舌後，終於成功把人送走。

小警察有些鬱悶，「組長，爲什麼要道歉呢？我們又沒做錯什麼。」

「鬧到法院更浪費時間，道個歉就能解決的都是小事。」周丞拍拍他的肩膀，深沉道：「看多了你就習慣了，沒什麼，不要影響心情。」

這位菜鳥警察是近期入職的，他什麼都好，就是腦子一根筋，性子過於耿直較眞，不懂得變通，時不時會和民眾搞出些磨擦或糾紛，讓周丞常常爲此頭大。

不過，小警察還挺崇拜周丞的，被他開導幾句後，比較釋懷了。他瞧見楚文昕，又積極主動地問道：「組長，你這邊呢？需要幫忙嗎？要立案調查嗎？」

深沉的周警官此時難得支吾了一下，「立……立什麼案，小打小鬧而已，沒有人受傷。」

「可是他們喝酒鬧事，還有那個湖泊也禁止戲水……」

周丞只覺一個頭簡直有三個那麼大，「他們是意外落水，沒有人在戲水……行了，你別管了，去忙你自己的吧。」

待周丞把楚文昕送回宿舍時，楚文昕終於稍微醒酒了一些，勉強找回一點自理能力，去浴室把濕漉漉的自己拾飭乾淨，而後昏昏沉沉地爬上床，縮進被窩中。

外頭客廳裡，周丞似乎正在接電話，講話聲音隱約傳進來幾句。

「……先讓我同事簽收吧，我晚點再找他拿。」

「好，麻煩了。」

「對，剛好今天出了點意外，沒辦法送了……」

楚文昕頭太暈了，好像聽出了什麼，又好像沒有……

沒一會兒，電話掛斷了，周丞的腳步聲漸近。

「有沒有哪裡不舒服？」他在床邊蹲了下來，「確定沒受傷？」

「唔，」楚文昕睜開眼來，「沒有。」

「沒有就好，妳說妳今天扯不扯？」確定楚文昕沒什麼大礙，周丞比較放心了，用手指刮了下她的鼻子，開始碎碎念：「還喝成這樣，跟妳說，我今天原本……」

周丞方才怕楚文昕著涼，急著把人送回家，此時一身警服都還沒換下來。楚文昕直勾勾地望著對方，聽著對方嘟嘟囔囔的話語，莫名覺得很安心。

她忽然笑了，「我有沒有跟你說過，你穿制服很帥。」

周丞一怔，被會心一擊，教訓到一半的話都有點說不下去了。

眞是一物降一物。

「工作的樣子也很帥，」楚文昕睡眼矇矓地小聲說：「……我很喜歡。」

「我眞是……服了妳了。」周丞有些無奈地失笑，伸手揉了揉楚文昕的頭，「以後只要我不在，就不准喝酒了，知道嗎？」

楚文昕乖乖點頭，「好。」

周丞傾身吻了吻她的額頭，說道：「睡吧。」

盧家虹的父母正式離婚後，他的監護權最終被判給了母親。

不過這幾個月以來，他的生活其實也沒有太大變化。過去，盧家虹的父母白天各自忙於工作，晚上下班回家則是忙著吵架，根本沒人想看顧小孩。現在少了個爸爸，家裡倒是變安靜了，然而媽媽似乎也變得更忙了，忙於工作，外加社交和找新對象，更沒有心思照顧他了。

在學校，盧家虹最討厭那些需要家長出席的場合，例如家長座談會，留給他們家的座位永遠都是空的，他的父母從來不曾出現過。

偶爾他會被班上其他屁孩嘲笑，問他是不是孤兒。

他有時也會爲此和人打架，不過每次打完，事情捅到老師那邊去後，對方總會有父母出現來撐腰。一次兩次後，盧家虹連打都不想打了，覺得挺沒意思的，還不如翹課。

一大清早，一年一度的親子運動會上，操場旁的休息棚裡，盧家虹穿著運動服，獨自站在角落，低頭踢著地上的小石子，悶不吭聲。

周遭的同學們都是一片闔家歡樂、熱熱鬧鬧的，襯得孤零零的盧家虹十分格格不入，偏偏學校又規定每位同學都至少要參加一個項目，不能缺席。

反正每年都是這樣，他有些麻木地想。他就隨便參加個能獨自完成的項目，趕快了事就好……

「哦，你們是家虹的爸爸媽媽？」

盧家虹聞聲一愣，抬頭看去，就見周丞與楚文昕正並肩站在不遠處，和檢錄站的體育老師登記資料。

周丞遠遠就瞧見盧家虹了，發現小朋友看過來，便衝著人笑了笑，大剌剌地揮揮手。

盧家虹頭頂刷過一排驚嘆號。

陽光灑在那兩人身上，落在小朋友眼裡，就好像戴了一層佛光特效。

「你們眞的是家虹的爸爸媽媽？」體育老師神情有些迷惑，「你們看起來好年輕啊。」

周丞露齒一笑，攬著楚文昕，「哎呀，看不出來吧，我們比較早婚……」

體育老師不教盧家虹那班，對他家庭的狀況不甚了解，聞言便點點頭，沒再多追問什麼，「那您塡這個臨時報名表吧，然後再看看要參加哪些項目？」

周丞低頭塡資料，塡到學生姓名那一欄時瀟灑寫下「盧家弘」三字，寫完總覺得看起來好像哪裡怪怪的。

楚文昕用手肘捅他，低聲說：「彩虹的虹。」

「啊，對，是這樣。」

體育老師一臉狐疑又無語，「呃，你們真的是家虹的爸媽？」

「哎哎，失誤失誤，我們當然是了……」

……最好是。

不過體育老師倒也沒攔著兩人，親子運動會本就沒有規定參加的人一定要是父母，家中任何長輩親戚，有人願意陪同都是歡迎的。

於是確認了盧家虹和兩人的確認識後，體育老師也沒再多管，回頭去忙碌了，留下這「一家三口」。

周丞朝著盧家虹張開手臂，哈哈笑著說：「來！還不快叫聲爹！」

盧家虹像炮彈一樣朝著周丞撲過去，跳起來一把抱住了周丞的腰。

「爹！」盧家虹難得這麼聽話，開心地大叫，叫完無師自通地轉頭望向楚文昕，又補了聲：「娘！」

周丞稱讚他，「哎，乖兒子！」

楚文昕還在宿醉中，有些頭疼，但仍被這對戲精父子給逗笑了。

「你們怎麼來了？」

「怎麼樣，感動吧？是不是覺得你爸爸我全身覆蓋著一種神性的光輝……」

其實是周丞最近偶然聽說，盧家虹因爲父母離婚的關係，經常被班上不懂事的同學欺負、說閒話。他和楚文昕提及此事，兩人都覺得有些心疼，恰好運動會這天他們都休假，就乾脆來給盧家虹撐撐場子。

楚文昕笑看著周丞與盧家虹打鬧，總覺得這畫面看起來很奇異，好像他們眞的成爲了一家三口，又彷彿窺見了未來一角，令她感到沉靜且安定。

忽然，一旁傳來一道遲疑的男聲，「妳是……」

扭頭一看，竟然是柯孟仁，這可眞是冤家路窄。

原來柯孟仁的兩個兒子也念這所小學，此時他與太太兒子一家四人，正穿著休閒的運動裝站在一起。

仇人相見分外眼紅，兩人確認過眼神，連招呼都不打，各自不屑地冷笑一聲，扭頭轉開目光。

周丞沒注意到這個小插曲，瞥見楚文昕臉色不好，還以爲她宿醉不舒服，「妳還好嗎？累了就休息沒關係，我們志在參加……」

「呵，說什麼呢，」楚大醫師冷酷道：「既然參加了，我們的目標就是第一。」

……怎麼回事？楚醫師的好勝心出現在奇怪的地方了！

這一天，確實是盧家虹在學校最揚眉吐氣的一天。

周丞和楚文昕帶著盧家虹參加了許多五花八門的項目，包括遞物遊戲、借物賽跑、兩人三腳等等，還拿了兩個金牌。

周丞還報了個家長專屬的長跑項目，在一群家長中輕鬆脫穎而出，穿過終點線時，甚至已經超過柯孟仁整整一圈半。

跑完他也不是很累，就是太熱，流了點汗，順手就撩起衣服下襬擦汗，露出一截精實的腹肌，模樣看起來陽光又性感。

這一幕連楚文昕都有些移不開目光，再沒閒工夫去對挺著個啤酒肚氣喘吁吁的柯孟仁投以鄙視的眼神。

有小朋友偷偷和盧家虹說：「你爸爸好帥。」

盧家虹直接原地膨脹，開始裝模作樣地炫耀，「還好啦，我跟你說，其實他是警察，每天都拿著手槍在打壞人，跑幾圈操場不算什麼。」

「哇，就像電影裡的超級英雄那樣嗎？」

「難怪都沒看過你爸爸，他一定很忙。」

「我也想看手槍——」

楚文昕聽著一群小孩子的童言童語，不禁莞爾。

等到運動會圓滿結束，把開開心心的盧家虹送回家後，楚文昕還在拿超級英雄來打趣。

周丞舉手投降，「別取笑我了，我都快沒力了。」

「你不是不累嗎？」

「跑步不累，累的是應付一大群小孩子啊。」周丞搖搖頭，「怪不得後來他們一直圍過來呢，原來是想找手槍啊？」

「還以爲你帶孩子帶得心應手呢，看你像個孩子王一樣。」楚文昕緩緩說：「我那時候還在想，以後……」

「以後？」

楚文昕卻又不說了，她忽然笑了下，搖頭道：「沒什麼。」

夕陽隱沒，天色漸暗，熱鬧的街道亮起一盞盞暖黃色的街燈，可能是七夕的關係，路上行人成雙成對的，特別多情侶。

周丞與楚文昕也在其中，兩人吃過飯，一邊閒聊一邊牽著手散步。

楚文昕問他：「我們現在去哪？」

「我想想哦，」周丞搖頭晃腦地說：「不如，我們先回妳宿舍……怎麼了，笑什麼？」

楚文昕憋著笑意，語氣意味深長，「該不會我回去，一打開門就會看見……多出來什麼東西吧？」

「啊？」周丞一臉被拆穿的震驚，「妳看見了？我以爲妳沒發現！」

「拜託，那麼大一捧欸。」

「不是……但是……妳怎麼破梗啊！」

早在幾週以前，周丞就特別下訂了玫瑰花束，鮮紅色的玫瑰花裡還藏著訂製的禮物和卡片，會在昨天送到警局給周丞簽收。

周丞原本打算在昨天晚上十二點整，也就是七夕剛到的那一刻，將花束送出去，哪知道楚文昕昨晚爛醉，折騰了一齣鬧劇，然後就睡死。害周丞後來又折返回警局領花，最後只能待到隔日再送。

偏偏他們今早又趕著去運動會，不是個適合送禮的氣氛。

早上去接楚文昕時，周丞一番鬼鬼祟祟的神祕操作，終於成功在楚文昕先一步下樓後，把那一捧玫瑰花立在客廳門前。只要他們現在回去，楚文昕一開門就能看見。

楚文昕故意逗他，「是嗎，還有呢？裡面有沒有卡片？卡片上寫了什麼？」

周丞故意板著臉，「呵，我才不告訴妳……」

兩人在街上笑鬧著，往家的方向走。待宿舍大門就在眼前、楚文昕都已經在翻鑰匙的時候，周丞的手機卻忽然響起。

那是特別設置的鈴聲，周丞一怔，頓時收了玩笑的神色，將電話接起來。

「……什麼？交流道那邊？」

「好，已經先送三個過去了嗎？」

「知道了，我就在附近……」

楚文昕聽著那些隻言片語，大概就知道又出事了，需要休假的周丞緊急支援。

周丞那邊還沒講完，換楚文昕的手機也響起來了，她也愣了愣，螢幕顯示來電的人是彭淮安，她將電話接通。

「學姊，妳方便聽電話嗎？」

「嗯，你說。」

「交流道那邊發生連環車禍，送來了幾個頭臉部外傷的傷患，需要緊急手術……」

楚文昕有些疑惑，「今天不是我值班吧？」

「對，但病人太多了，一個個都頭破血流的。」彭淮安的聲音聽起來也十分無奈，「剛剛已經先送來了三個比較嚴重的，後面可能還有，楊醫師一個人開不完，需要有空的主治醫師都來支援，我等等還要繼續打電話請人。」

楚文昕聞言也肅了神色，「那三個是什麼狀況？」

彭淮安開始匯報病情，「一個勒福氏三型骨折，一個雙側髁狀突骨折，還有一個還在急診那邊搶救，不知道撐不撐得下來，我還沒看到電腦斷層……」

聽起來確實嚴重又棘手，楚文昕聽得直皺眉，「我知道了，我半小時內到。」

掛斷電話時，周丞也恰好說完，兩人對望一兩秒，意識到彼此似乎是因爲同一件事被抓回去上工，神情都有些荒謬。

兩人同時轉身往外頭走，周丞唏噓道：「一場車禍打斷了兩個人的七夕。」

「就是節日的關係吧，車流量大。」楚文昕問了句：「你那邊是什麼情形？」

「說是大型連環追撞，總共四台車撞在一起，還起火了，消防車正在路上。」

周丞嘆了口氣，「今晚可有得忙了……要我先送妳去醫院嗎？」

「不用了，結束的時間也不好說，我自己開車吧。」

「好。」

美好的休假日遭到中斷，兩人倒也習以爲常，沒什麼怨言，肩並肩往外走。

在路口分別時，楚文昕忽然開口：「周丞，我剛才還沒說完。」

「嗯？」

「不只是那些孩子們，在我眼裡，你也是英雄。」楚文昕揮揮手，笑道：「去吧，大英雄，去拯救世界。」

周丞也笑了，彎下腰來，在楚文昕的唇上印下一吻，「等我回來，我們一起開禮物。」

而後他們擦肩而過，短暫分別，帶著唇畔上彼此留下的餘溫，去往各自的戰場。

宿舍門內，九十九朵鮮紅如火、嬌豔欲滴的玫瑰花熱烈地立在門前。其中的卡片書寫約定著兩人的以後，一只小巧精緻的立方盒子被溫柔埋藏在花莖之中，靜靜等待著歸人。

後記

煙硝與玫瑰

大家好哦，我是小雨。

繼《常明醫院》的整形外科之後，這次的主角換寫了口腔外科。

我寫文的時候感覺滿有趣的，好像可以立個目標，繼續湊齊更多科別，最後我的所有主角群可以湊一起，開一間綜合醫院。

本書中的一些醫療小故事，有些依然是取自於我的醫院生活，例如保存科食物中毒的滅科事件，是眞實改編自我實習生時期的事件。

那一天下班前，一群醫生在休息室分食一位病人送的超大包鹹水雞。

隔天早上我去上班時，整個診間冷冷清清，來上班的醫師直接少了一半！

我疑惑地去問了下怎麼回事，才聽說沒來的那些人都打電話請了病假，全都說是上吐下瀉了一整夜。

雖然這樣講好像有些幸災樂禍，但我當時眞的覺得很好笑，或者說，因爲是發生在一群醫師身上，所以顯得很荒謬。那時候我心想，要謀殺一整科的醫師其實眞的很容易欸。

至於警察方面，這邊要特別謝謝我的一位高中同學，他現在正是一名警察。警察的工作內容我原本不是非常了解，除了不停在網路上查資料之外，他也替我補充了很多細節，比如說職稱、勤務內容、大輪番等等，眞的非常感謝。

在決定周丞的職務時，我在刑事警察與交通警察之間猶豫了一陣子，一開始是覺得刑警聽起來就特別帥，後來覺得交警相較之下似乎更親民一點。就像我喜歡寫醫師與病人的互動一樣，警察與民眾的互動，即便只是些零碎的瑣事，寫起來感覺都很有趣。

順帶一提，周丞這個角色是我比較少嘗試的年下，所以這次寫文時讓我覺得有些新鮮，也有些挑戰。

不過，雖然我一直偏向年上派，但最後周丞呈現出來的樣貌，我自己還蠻喜歡的，大概是因爲那些沙雕的垃圾話實在很多，讓我在寫作時覺得心情很輕鬆，也希望大家在閱讀時能夠會心一笑。

最後，依然非常感謝看到最後的各位讀者朋友們，希望你們喜歡這個作品、喜歡周警官與楚醫師，超級愛你們！

今天下小雨

國家圖書館出版品預行編目資料

煙硝玫瑰／今天下小雨著. -- 初版. -- 臺北市：城邦原創股份有限公司出版：英屬蓋曼群島商家庭傳媒股份有限公司城邦分公司發行, 2023.11
面；公分. --

ISBN 978-626-7217-80-1（平裝）

863.57 112017616

煙硝玫瑰

作　　者／今天下小雨
責任編輯／林辰柔　行銷業務／林政杰　版　　權／李婷雯

內容運營組長／李曉芳
副總經理／陳靜芬
總經理／黃淑貞
發行人／何飛鵬
法律顧問／元禾法律事務所　王子文律師
出　　版／城邦原創股份有限公司
台北市中山區民生東路二段 141 號 6 樓
電話：(02) 2509-5506　傳眞：(02) 2500-1933
email：service@popo.tw
發　　行／英屬蓋曼群島商家庭傳媒股份有限公司城邦分公司
聯絡地址：台北市中山區民生東路二段 141 號 11 樓
書虫客服服務專線：(02) 25007718・(02) 25007719
24小時傳眞服務：(02) 25001990・(02) 25001991
服務時間：週一至週五09:30-12:00・13:30-17:00
郵撥帳號：19863813　戶名：書虫股份有限公司
讀者服務信箱 email：service@readingclub.com.tw
城邦讀書花園網址：www.cite.com.tw
香港發行所／城邦（香港）出版集團有限公司
地址：香港九龍九龍城土瓜灣道86號順聯工業大廈6樓A室
email：hkcite@biznetvigator.com
電話：(852) 25086231　傳眞：(852) 25789337
馬新發行所／城邦（馬新）出版集團 Cité(M)Sdn. Bhd.
41, Jalan Radin Anum, Bandar Baru Sri Petaling,
57000 Kuala Lumpur, Malaysia.
電話：(603) 90563833　傳眞：(603) 90576622
email：services@cite.my

封面設計／也津
電腦排版／游淑萍
印　　刷／漾格科技股份有限公司
經銷商／聯合發行股份有限公司
電話：(02)2917-8022　傳眞：(02)2911-0053

■ 2023 年11月初版　Printed in Taiwan

POPO原創出版 www.popo.tw　城邦讀書花園 www.cite.com.tw

定價／330元

ISBN 978-626-7217-80-1
本書如有缺頁、倒裝，請來信至service@popo.tw，會有專人協助換書事宜，謝謝！